旅人蕉文丛

缤纷的箫声

Binfen de xiaosheng

〔新加坡〕尤今 著

暨南大学出版社
JINAN UNIVERSITY PRESS
中国·广州

图书在版编目（CIP）数据

缤纷的箫声/［新加坡］尤今著．—广州：暨南大学出版社，2016.1
（旅人蕉文丛）
ISBN 978－7－5668－1610－8

Ⅰ.①缤…　Ⅱ.①尤…　Ⅲ.①随笔—作品集—新加坡—现代　Ⅳ.①I339.65

中国版本图书馆 CIP 数据核字（2015）第 212006 号

缤纷的箫声
著　　者　［新加坡］尤　今

出 版 人　徐义雄
策划编辑　潘江曼　杜小陆
责任编辑　王雅琪
责任校对　周优绚
责任印制　周一丹　郑晓玲
出版发行　暨南大学出版社（广州暨南大学　邮编：510630）
网　　址　http：//www.jnupress.com　http：//press.jnu.edu.cn
电　　话　总编室（8620）85221601
　　　　　营销部（8620）85225284　85228291　85228292（邮购）
排　　版　广州联图广告有限公司
印　　刷　广东广州日报传媒股份有限公司印务分公司
开　　本　850mm×1168mm　1/32
印　　张　8
字　　数　199 千
版　　次　2016 年 1 月第 1 版
印　　次　2016 年 1 月第 1 次
定　　价　28.00 元

总　序

在酝酿组织出版这套丛书之时，我们取名为“旅人蕉文丛”，意在希望这套丛书像旅人蕉一样，为在求知跋涉中的读者，提供一片心灵遮风避雨的所在，奉献一掬清香的生命之泉，充分释放文学怡情悦性之效。于是，我邀集几位作家、老友，向他们索阅样稿，承蒙他们及时惠以支持，才得以完成这件有意思的事儿。

所谓丛书，应该是“文以类聚”，但千人一面，就失之平俗，所选的六本书，力求风格各有侧重，有说文谈史，有杂文随笔，有海外游踪，也有国内见闻，更有历史人物考证，长有韵味，短不谫陋，妙趣横生，“五味杂陈”，实如尝鼎一脔。

顾农说文谈史，言近旨远，所写之文多为“自己读书行路的收获和感慨”，他用闲谈式的随笔，将可谈与不可谈之物之事一一呈现，以飨读者。朱大路用“一寸见方”之文，说文表意，唱好了属于自己的“道场”，让遗落在“夹缝”里的题材，经过他的私人订制，成为富有个性色彩的符号。

三位女作家的散文，文笔清丽灵秀，情感细腻，别具一格。赵蘅用四弦之琴弹奏出人生岁月的丰富多彩，在记录书写生命故事之时，让我们感悟生命传承的意义，在追问“客从何处来”的过程中，翻看历史，体悟亲情。尤今用洞箫里流出的缤纷色彩将读者带进精神的伊甸园，将所见所闻所思形诸笔端，于轻松的述说中将生活给予我们的启示和教诲娓娓道来。朵拉笔调清新活泼，洒脱的行文中蕴藏着对人生、世态的情感和见解，其自出机杼，独树一帜，这大概就是“六经注我”的精神吧。

在初冬季节，读着出版社寄来的书样，感慨油然而生。读一本好书，犹如拜访一个高尚纯洁的灵魂，与之作心灵的对话，从作家的喜怒哀乐，以及他的取材、他的角度、他的发现，我看到他的快乐与痛苦，了解他的希望，我于是受到启迪，得到智慧，懂得感恩，变得聪明。

南方的冬季，不算太寒冷，找个僻静处，带上几本书，在暖暖的阳光下，静静地、寂寂地读起来，真有羲皇上人的感觉。借此机会，向丛书的作家、教授致以谢意，向出版社的编校人员致以敬意！

但愿这套丛书，受到读者的欢迎和喜爱，以它独到的语言、深刻的哲理、简朴的思想，哺育更多的心灵。

刘克定
2015 年 11 月 27 日

自　序

从洞箫这一根细细长长的竹管里吹出来的，除了像丝绸一样温柔的声音，还有令人眼花缭乱的色彩。

色彩？

是的，缤纷的色彩。

在巴基斯坦旅行时，我就曾经看过洞箫里流出了彩虹般璀璨的色彩。

在北部大城拉瓦尔品第（Rawalpindi），我诧异地发现，龌龊邋遢竟然是这个城市的一道“黑色风景”。马路两旁的房子，挤挤密密、破破烂烂、污污黑黑，像一颗一颗被虫蛀过的牙齿；干涸的沟渠，不甘寂寞地堆满了红黄青绿色的秽物，见猎物而心喜的苍蝇贪婪麇集；令人作呕的臭气在盛夏溽暑的空气里肆无忌惮地膨胀着。

我一脚高一脚低地走在坑坑洼洼的马路上，汗流如注。走着、走着，突然，前方传来了箫声。

非常、非常快乐的箫声，纷纷繁繁的音符四处飞跃，为我带来了满心的清凉。

挤进不远处的人群里，我看到了蛇。

跳舞的蛇。

啊，街头艺人正以洞箫戏蛇呢！

忽而尖拔高昂忽而低沉柔美的箫声，无比狂乱却又乱中有序地交织成一道不绝地颤动着的彩虹；蛇在竹篓里，伸出了半截性感圆润的身子，在箫声化成的斑斓色调中，舞出了叫灵魂也吃惊的婀娜，舞出了连杨贵妃也自叹弗如的柔媚。众人如痴如醉地喝彩，吹箫的汉子吹得愈发起劲，乍疾乍徐的箫声深深、深深地嵌进了那蛇柔软无骨的身躯里。它忘情地舞，舞舞舞、舞舞舞，舞出了满天璀璨的华彩。成人与小孩，都兴奋难抑地喊、叫、笑、跳。在这个地方，贫穷如水蛭，把人脸上的红润都吸光了，可是，这天下午，缤纷的箫声却把这一群衣衫褴褛的老老少少带进了精神的伊甸园，使一张张营养不良的脸庞绽放出难得一见的亮光……

又一年，到伊朗去。

在历史悠久的肯多文村庄，我看到洞箫流出了粉红色的旖旎的色彩。

这是一个异常奇特的千年老村，村中300余人，全在山上凿洞而居。

我舟车劳顿，千山万水地寻了去，却在那一个个黑黝黝的洞穴里，看到了一张张毫不友善的面孔。孩童无礼地把我送的糖果鄙夷地丢掷在地上，成人凶悍地指着我的相机叫嚣斥骂，甚至作状要抢了相机打人。空气里充斥着张牙舞爪的敌意，我的心因此而长满了难受的疙瘩。

然而，经伊朗朋友耐心解释后，我不但大大释怀，而且，对古村居民肃然起敬。

原来村民表面的敌意，是因内心恐慌极致呵！

长期以来，他们享受着凿洞而居的简朴生活，以畜牧为生，自给自足。他们不要外来的游客恣意破坏原本的安宁恬静，他们更不要昌盛的旅游业任意污染原本无欲无求的生活；然而，不时三三两两出现的游客，使他们内心虚悬的不安转化为难遏的恐惧，在无助而又无奈之余，他们只好戴上“粗暴无礼”的假面具，希望能借此驱走不识趣的游客。

啊，凶恶的外表下，隐藏着的却是朴实的人性；卑微的愿望里，蕴藏着的却是可敬的心态。

我在山上慢慢地走着，走着，突然，有箫声从洞穴里传出。

洞穴内站着吹箫的，是老翁；坐着听箫的，是老妪。

从洞箫流出来那清越柔婉的箫声，是淡淡的粉红色的，像袅袅腾腾的烟雾，轻轻轻轻地罩在老妪的脸上。她脸上那原本乱七八糟的皱纹，慢慢慢慢地变成了一圈一圈很温柔很温柔的荡开着的水波。

我看着、听着，眼眶湿润。

住在一无所有的狭隘洞穴里，他们却富有得好似拥有了一整个辽阔的世界。

那箫声，潇洒自在地在老得极有尊严的山头上缠缠绵绵地绕来绕去，粉红色的，浪漫而又温馨……

啊啊啊，箫声，真的是有颜色的呵！

每个人的心中，都有一管无形的洞箫。

我们可以听凭自己的心境调配箫声的色彩。

身处顺境的人自然会用五彩箫声来锦上添花，然而，身处劣境的人更需要以五彩箫声来为自己营造精神的桃花源。

境遇可以是黑色的，箫声却不能。

之所以把书名定为“缤纷的箫声”，是希望大家都能以心里的那管洞箫，快乐地为自己的、他人的世界谱出动听的旋律。

《缤纷的箫声》这部小品文集，总共收录了100则小品文，并分为两辑。

第一辑“足履天涯”，叙述了我旅游四海的50则小故事。

第二辑“五彩生活”，讲述了50则有关生活的小故事。只要我们专心聆听、细心体会，就会发现，生活无时无刻不在给予我们启示和教诲。

尤　今

2015年3月

目　录

第二辑 五彩生活

第一辑 足履天涯

绿色的箫声

绿色，像拍岸惊涛，在我入山的一刹那间，便迫不及待地淹没了我。

我在怒涛澎湃的绿海中挣扎着探出头来，惊喜莫名地看到了深浅有致的绿，远远近近地熏染成了一片片醉人的温柔，有一种绚烂到了极致的风采。

这里，是道教的发源地青城山，位于四川西部。

就在这“太阳晒不着，暴雨淋不到，大风吹不进”的青城古道上，突然地，我听到了箫声，那不问世事的箫声呵，就像是深谷里一道狭长清澈的溪，自得其乐地流淌着、流淌着……

说是箫声，却吹出了一片让人心境澄净的安恬宁静。蓊郁浓密的丛林阻挡不了它，磅礴奔腾的绿潮隔绝不了它，那悠悠长长的音符，犹如一道无孔不入的、优美绝顶的弧线，上跃云端，下达幽径，既连奇岩怪石、参天古木，也被绵绵不绝的余韵缭绕着。

此刻，我的心，起了巨大而温柔的悸动。

那箫声，不像是吹出来的，倒像是从静谧的绿中渗透出来的愉悦的缤纷。它宛若大自然的一只绿色的手，把颗颗浮躁、浮夸、肤浅的心，抚得安安稳稳、沉沉实实、恬恬静静。

我不曾刻意追寻真相，仅仅、仅仅把这绿色的箫声当作是大自然无私的馈赠，然而，在朦朦胧胧的潜意识里，我早已一厢情愿地把这天籁当作是深山道人在修道之余谱出的心曲。“扫来竹叶烹茶叶，劈碎松根煮菜根”便是郑板桥对青城山道士那种“不食人间烟火”的生活的描绘。我心想，这样清纯明净的箫声，绝对是出自一颗不曾被尘嚣污染过的心。

我是在下午 3 时许恋恋不舍地离开胜景处处的青城山时，出其不意地与“真相”撞个满襟满怀的。

我看到了吹箫的人。

是个双目失明的人。

在这个连阳光也被染成绿色的地方，他像是一棵移动的树。瘦削，但是，不是瘦骨嶙峋的那种伶仃；肩和背，薄、结实而挺直。

在青城山那高高低低、无止无尽的石级上，他不靠拐杖，步履轻快地上上下下。不论是拾级而上或沿级而下，他箫不离口，优游自得地吹出了如高山泉水或幽谷清溪般的乐曲。

这老汉年逾耳顺，天生失明，凭敏锐的乐感，练就了出色的吹箫技艺，于三十而立之龄，便开始在青城山上上下下，把箫声吹进了层层叠叠的绿色里。他每天定时走 7 个小时，边走边吹，日日吹足 7 个小时，为原本仙气氤氲的青城山增添了无限飘逸的情趣。

我在他面前停步，他亦敏锐地驻足。

我以最俗的方式表示了我的感动，但他把我掏出的钱推了回来，淡定地说：“您如果喜欢箫声，那就买根箫，好吗？”

说着，从背包里取出了一根质朴的竹制箫，递给我，说出了一个令我吃惊的价格。

一个非常便宜的价格。

他脸上，那种自食其力的坚强，化作了不容亵渎的尊严。

四川地震发生后，在哀鸿遍野的悲惨里，非常突然地，我的耳畔竟然响起了那绿色的箫声。噙泪回想这失明的老汉，觉得他其实正突显了四川人的精神面貌，那是一种比石头更像石头的面貌，坚毅、坚实、坚韧、坚忍、坚苦卓绝、坚不可摧，没有任何困难可以打倒他们，没有。

狮爪虎牙

那晚，住在非洲肯尼亚野生动物园的营帐里。

看守营帐的，是一名骁勇善战的马赛族土著。泥地潮湿而寒冷，野兽的吼叫声此起彼落。我睡不着，爬出营帐，与他搭讪。他谈自己曾经以利矛刺杀狮子的英勇历史，口沫横飞，绘声绘影。在他比手画脚的描述中，我仿佛看到了狮子猛掀狂扑的那种恐怖噬人的凶相。与狮子搏杀，是一场又一场生死线上的“游戏”，他双腿上那坑坑洼洼惨不忍睹的伤痕，便是生命永远的烙印。他余悸犹存地说：“被狮爪抓到时，那种直捣心窝的痛楚，好似有人硬生生地用刀子把你的身体一点一点地切割成碎片，惨绝人寰啊！所以嘛，每回扑杀狮子之后，我便把它的利爪一只一只地剥下来，充作战捷纪念品。”说到这儿，他忽然目光炯炯地问我：“你要买吗？”买狮爪？狮爪居然可买？哇！噫！哟！我忙不迭地点头。少顷，他取来，摊放在掌心里。月圆而大，沾着温柔月色的狮爪，依然狰狞得令人心悸。它呈现邋遢的米黄色，形弯而尖，质坚如石，尖端处利如刀刃，用它轻刮皮肤，血痕立现。我买了一只，千山万水地带回家，慎重地摆在柜子里。

另一回，到尼泊尔去。

晌午的阳光，亮得刺眼，有着一种狠毒的劲道，泼在脸上和身上，滚烫滚烫的。到土著的村庄去逛，性子淳朴的土著妇女，在地上摆卖手工艺品，耳环、鼻环、手镯、项链，全都是以兽骨制造的，美丽而又诡谲，独特而又阴森。我正专心拣选时，冷不防有人碰了碰我的肘子。转头一看，是一名臂肌怒张的土著。他叽里呱啦地说着土话，我听不懂；他龇牙咧嘴地扮着各种鬼脸，我看不懂。最后，他无奈而又绝望地指着自己的牙齿，再三地重复着一个字眼。我猜测他可能是牙齿痛，向我讨药。我把随身携带的止痛药取出来给他，他却摇手又摇首。几番折腾之后，我才又惊又喜地了解，他原来是想向我兜售老虎的牙齿。这枚从老虎嘴里拔下来的牙齿，呈龌龊的奶黄色，尖削，有着腾腾杀气。语言不通，我无法探悉他是不是像武松一样徒手杀虎的，然而，那种在鬼门关口的厮杀，可以想象到底有多凶险。我如获至宝，小心翼翼地将它藏好，跋山涉水地将它带回家来。

一日，我心血来潮，自柜里取出，把玩。远离了幽深的丛林，在室内荧荧的灯光下看着狮爪、虎牙，黄黄的、脏脏的，只觉猥亵、猥琐；窝囊、窝憋。

狮爪和虎牙，原是猛禽巨兽身体的一部分，形体庞大的禽和兽尚且逃不过死劫，其爪其牙的下场又会好到哪里呢？

老者的境界

之一：舞者

旺盛的月色，放肆地舔着大地；助兴的路灯，亮得意兴勃勃。

兴许这晚的气温太低了，莫斯科的步行街游人寂寥。

街道虽然寂寞，可寒冷的空气里，却拥拥挤挤地浮动着热热闹闹的音符。

一名街头卖艺者，正旁若无人地拉着手风琴。个子瘦长，却拉出了无比丰满的音符。孤芳自赏的音符来来回回地飞旋着，瘦瘦的身体随着韵律左左右右地晃动，兀自陶醉。

这时，来了个老汉。

皱纹纵横的脸红通通的，好似被夕阳照得无比绚烂的一片秋叶。他手里提着一个购物袋，犹如棍子般的法式面包，不甘寂寞地从袋子里探出头来。

他在音符里驻足，听。

旋踵间，他把购物袋放在地上，自得其乐地跳起了舞。

只见他摇晃着脑袋，舞动着双臂，扭摆着腰臀，像章鱼，像水藻，舞得有滋有味，舞得有声有色；舞出了早已远逝的青春，舞出了睽违已久的活力。

在这一刻，他忘了独居一室的凄冷与凄凉，也忘了生活里曾有的失落与失意。

浑厚的夜色，在他狂舞的身上游走如梦……

之二：椅子

在圣彼得堡，参加步行观光团。

同团的一对老夫妇，来自英国。岁月恶作剧地在他们的脸上织了密密的大网。这对老者，全然没有英国人惯有的拘谨和内敛，特爱笑。老先生豪迈的笑声让人联想到数十簇烟花在天上“噼噼啪啪”地绽放着的气势，非常磅礴；老太太呢，总在听他说话时安静地笑，笑起来时，好像有很多尾鱼在网里窜来窜去，不可思议地窜出了一种不属于她年龄的妩媚。

坦白说，吸引我注意力的，倒不是他俩笑的样子，而是那一张轻巧的小椅子。

那张折叠式的小椅子，一直、一直被老先生拎着。他拎椅子的手势，小心翼翼，好似在提着一袋珠宝。每到一个新的景点，老先生便手脚麻利地打开椅子，妥帖地放好后，还不忘试试它的安稳度，这才温柔地扶他的老伴坐下。当讲解员口沫横飞地介绍景点时，老先生便用骨节粗大的手，轻重有致地为老伴按摩肩背。

接触到我的目光，老先生笑眯眯地说道：

“她放暑假，我特地带她来俄罗斯玩玩。”

“暑假？”我诧异地问道，“她还在教书吗？”

“不是啦！”老先生双眸含笑地应道，“去年，她报读大学，是班上年龄最大的孩子呢！”说完，他呵呵地笑。慈眉善目的老太太也笑，轻柔地附和着说：“是啊是啊，我今年 75 岁了呀！”

秋天的太阳像金色的琉璃，有着一种璀璨的艳丽。此刻，静静洒落在他们脸上的阳光，异常缤纷……

之三：烤鸡

深夜，浓烈的香味，化成了翩跹起舞的蝴蝶，以一种招惹的姿势，从幽静的小巷里飞了出来。

释放香味的，是莫斯科一家专卖烤鸡的小店。

坐下之后，我才发现邻桌肩并肩地坐了一对老者。满头比皱纹更老的白发，在灯光底下闪着缎子般的亮泽。老翁很胖，老妪也不逊色，身上团团簇簇的肉，使他们看起来像是饱含汁液的两枚浆果。

桌上放着一整只金黄脆亮的烤鸡，他俩正在碰杯，澄澈晶亮的葡萄酒妖娆如琥珀。对饮过了，便动手撕扯鸡肉，两人看着美食的眸子，有着一种从骨髓里散发出来的款款深情。

老翁把鸡腿撕下来之后，手势纯熟地送到老妪嘴旁。老妪惬意地张口而食，与老翁交缠的目光里，满满满满都是一生相依的缱绻情意……

枯枝与矮人

那段枯枝，约有半尺长，粗若手臂，是用手随意拗断的，断口处参差不齐，别有一种粗犷古朴之美。树皮，龟裂了，这里掉一块，那里缺一片，斑斑驳驳、破破落落，在无声地诉说一则百年沧桑的故事。就在这一截枯枝上，趴着、坐着、躺着、卧着 4 个面貌奇丑的小矮人。

在阿根廷西部城市巴里洛切（Bariloche）的周末市集上，当我看到这一件木雕品时，我的心，起了很大的震撼。

那时，夜初老，春寒料峭，人流较少。

许多艺匠，归心似箭，加上生意不好，都忙着削价出售自己摊子上的手工艺品。

只有他，懒洋洋地靠在一棵树上。正是春暖花开时，丰盈的花，一簇簇，好似白色的小蝴蝶，满树停驻，暗香浮动。那人，留着长发、蓄着胡子，口里闲闲地衔着一根长长的香草，半眯着眼，一副“天塌下来也压不着他”的模样。

地上，铺了一块米色的亚麻布，那个构思奇特的木雕品，便被端端正正地搁在上面，有一种无声的庄严。

旁边标了价钱：100 披索（约 15 万人民币）。

我蹲下来，看。

乍看只觉奇特，细细一看，却有“众里寻他千百度，蓦然回首，那人却在灯火阑珊处”的贴心感。

是枯枝上那 4 个小矮人带来的强烈的艺术感染力，是他们脸上的表情，使我有了难以遏制的感动。

那是一种对苦难全然无所畏惧之后才能有的安然，那是一种对世事全然看透之后才能有的淡然，那更是一种对人生无所求之后才能有的恬然。

那是一种全新的境界。

在这境界里，有很深很深的快乐，然而，这快乐，却又不是轻浮地展露在笑容里的，它深植于眼神中、唇角内、脸部肌肉里，还有，灵魂中。

这是富于禅机的艺术雕塑。

艺人不肯削价，我照价买下。

有人说贵，只有我知道，用这价格买一份禅机，便宜得不可思议。

为大地清洗脸庞

在溽暑逼人的六月，我们来到了神州大陆。

为了能够好好地欣赏沿途变幻不定的风光，由郑州到太原这一段长路，我们决定搭乘长途公共汽车。

车程长达 9 个小时，车内设备完善——冷气、厕所、电视机、过滤饮水器，一应俱全，简直就像是一间会走动的小旅馆呢！

中午，车子停在一间简陋的小店前，让乘客用餐。一对母子，买了饭菜，带上车去吃。车子开动时，母子二人还在大快朵颐，局促的空间里，飘浮着食物浓浊的味儿。吃得七七八八时，妇人站起身来，施施然地走到车子后方的阶梯处，随手一扬，饭盒脱手而出，盒里的残羹剩饭，犹如天女散花一般，散落四周。我惊骇欲绝，瞠目结舌，然而，她那约莫 8 岁的儿子，看着这极端丑恶而又让人难以置信的一幕，神情却是漠然的，显然早已对此习以为常了。我气急败坏地喊道："喂，你怎么可以这样乱丢东西！"她冷冷地斜睨我一下，若无其事地走回座位。这时，跟车员闻声而来，我将阶梯不堪入目的狼藉指给她看。她嘱司机停车，开启车门，用脚把饭盒轻轻踢出车外，便算了事，对那妇人竟无一言半语的责备。

“顾客永远是对的”是企业私人化如假包换的信条。此刻，像刀子一样地剜着我心的，是车上孩子那双淡然的眸子——那双把一切收诸眼底而又全盘接受的眸子。就在这时，另一双亮晶晶的眼睛，突然好像火炬一样燃亮了我陈旧的记忆……

小赵住在中国南方的佛山。一个阳光金灿灿的秋天的早晨，我们在公园漫步。让我颇觉惊讶的是，不论走到何处，只要看到地上有纸屑、果皮，她总是不厌其烦地弯腰拾起来，放入随身携带的塑胶袋子里。

我由衷地称赞她具备良好的公德心，她双目澄亮地说道：“我爷爷是农夫，我爸爸是农村里的教师，他们老是告诉我，大地滋长百谷，是我们的粮库，我们必须心存感激，好好爱护它，不得随意将其污染、弄脏。小时候，有一回，爸爸带我出去玩，奶奶给我一包卤水花生，我吃完之后，把花生壳一股脑儿地扔到草地上。爸爸看到了，二话不说，立刻便蹲了下来，花了老半天时间，把花生壳一个一个慢慢地捡起来。然后，爸爸正色对我说：‘大地和人一样，是有知觉的，你如果不喜欢别人往你的脸上扔垃圾，你就永远也不要往大地上随意丢垃圾。’这是让我铭记终生的一件事。”

小赵犹如一个在海边捡海星的人，也许有人认为她傻，可是，当她为大地清洗脸庞的时候，她也同时在洗涤着许多人的心灵。

共在人间

那一年，到土耳其去，住在一个仿佛与世隔绝的小农庄里。

我们下榻的农舍，住着一对年龄相加已逾百岁的老夫妇。两张脸，像是皱缩成团的黑枣子，密密地布满纵横的纹路。可是，他们腰不弯、背不驼，依然过着“日出而作，日落而息”的农耕生活。

正是麦子播种的时候，他们依然采用原始而落后的“点播”方式：老叟走在前面，用锄头在土壤里打洞；老妪跟在后面，把麦种轻轻地撒进洞里。他们一行行、一亩亩地种，神情专注而满足，好似在从事一件无比庄严的事情。

傍晚，夫妻俩在厨房里烙饼而食。不起眼的古老灶子，烙出了溢着麦香的饼，大大圆圆、热热烫烫的，透着含蓄的米黄色和淡淡的麦香味儿。在幽幽的暮色里，两人坐在矮矮的木凳上，以枯瘦多皱但坚实有力的手捧着饼，大口大口地吃，脸上浮现出快乐满足的笑意。

这一幕，深深地触动了我的心。

活着，真好。

知足地活着，常乐。

许多人，活着而不快乐，只因不满足于他所拥有的，一心憧憬着他所未知的，“共在人间说天上，不知天上忆人间”，往往坐这山，望那山；吃这碗，盼那碗，任由“欲望的树”在他心田里无止无尽地长着，长了一寸，他要一尺；长了一尺，他要一丈。眼看那“树”已经高入云霄了，可是，他还是满心焦灼地嫌那树“发育不良”，天天在欲望的无底深潭里浮浮沉沉。弹指间，短短数十寒暑已成过眼云烟，回首前尘，竟不知“快乐”一词如何诠释。

这个下午，和这一对萍水相逢的老夫妇共食大饼，共享快乐，是我记忆里的永恒。

老夫妇教会了我：有一亩田，便诚诚恳恳地耕那一亩田；有一块饼，便快快乐乐地吃那一块饼。

人生一世，草生一秋，共在人间，话人间，爱人间。天上究竟有多少富贵、多少安逸，不必说，更不必盼。

僧侣与猫

那名穿着黄色袈裟的僧侣，端端正正地坐在干干净净的地板上，手上拿着的圆形藤圈，离地足足有三尺来高。

那猫，身体挺直，头微微上仰，神气而自信地站立着，圆圆大大的猫眼，琥珀色的，炯炯有神地凝视着僧侣手上的藤圈。

僧侣纹丝不动，猫儿也伫立不动。

眼前情景，好似电影里的一个凝镜。

突然，有一个字，清楚而响亮地从僧侣的口中溜了出来：

“跳！”

那猫，在电光火石之间，纵身一跳，准确无误而又潇洒自如地从僧侣高高举着的藤圈里跳跃过去了！

老虎、狮子和海豚跳跃圈子的把戏，屡见不鲜。然而，猫？我几乎怀疑我的双眼出了毛病。

在我的要求下，僧侣让他所养的十只猫，轮流跳藤圈。猫儿兴致勃勃，一跳再跳，居然无一失误，好似跳藤圈是它们与生俱来的一种本能！

这座养着“特技”猫儿的寺庙（Nga Phe Chaung Monastery），坐落于缅甸东部一个小小的岛上。这岛，位于风光优美如仙境的茵莱湖（Inle Lake）上。

在那个清风徐来的早上，我坐在寺庙里，与和蔼可亲的僧侣攀谈，才知道在“猫儿跳藤圈”这个富有传奇性的技艺里，隐藏着一个动人的小故事。

在我到这所寺庙之前，寺庙的住持已经独自在这儿住了 39 年了。长年累月陪伴他的，就只有一只猫。住持相信，只要意志力够坚强，可以克服任何困难。他以猫儿作为训练的对象，培养自己的意志力。训练猫儿的难度，是超乎想象的。开始时，只是把藤圈放在地上，让它跨过，然后，逐日、逐月、逐年，把藤圈一分、一分、一分地提高、提高、提高，如此持续不断地训练了好几年，才训练成功。说也奇怪，它所繁殖的后代，自小看它跳藤圈，没费多大工夫，竟也一只一只地学会了。于是，在这寺庙里，猫儿跳藤圈的技艺，代代相传。去年，寺庙里总共有 16 只猫，只只会跳。可惜的是，年尾鼠患肆虐，附近人家用药为饵，毒杀老鼠，庙里 6 只猫吞食了含有毒素的老鼠，毒发身亡。现在，身怀特技的猫，就只剩下 10 只了。

台前十秒钟，台后十年功。

没有经过刻苦的训练，纵有天赋，也发挥不出来。

僧侣看着寺庙的猫儿一次又一次乐不可支地跳过藤圈，微笑而意味深长地说：

“天下无难事，只怕有心人。”

地　图

是爱上旅行后，才学会钻进地图里的。

家里，有各种各样的地图。单独成张的、合辑成书的，精装的、平装的，圆形立体的、平面挂式的，林林总总，不胜枚举。

一确定了旅行的目的地后，我便把形形色色的地图找出来，伏在桌上、趴在地上，一面细细地看，一面频频地用红笔把各个大城小镇勾勒出来。

地图，是越看越有韵味的。

有趣的是，每一个国家的地形，看得久了，便会慢慢地幻化成另一样东西。

印度，是飞在空中的一个菱形风筝。

奥地利，是一支横放着的小提琴。

日本，是一条在太平洋与日本海之间优游自得的鱼。

乌拉圭，是不小心落在地上的一滴水。

智利，是一条被绞干了水分的布。

只要运用一丁点儿想象力，地球上的每一个国家，都可以让你随心所欲地转换成一个有趣的物体。

你在这物体里填进山脉、填进河流，准确地点出乡、镇、城市，然后，慎重地把它和你的护照放在一起，上路去了。

一迈入旅游的目的地，你便惊喜地发现，原本平平地躺在背囊里的那张地图，蓦地放大了无数倍，活灵活现地在你的面前站了起来。

远远近近的山峦，含情脉脉地看着你，你们相看两不厌；波光粼粼的河流，以潺潺的水声向你表达它热情的迎迓，令你百听不厌。

曾经被你用红笔圈着的那些大城和小镇，全都奇迹般地屹立在你面前，你虽然切切实实地踏在它们上面，可是，心里却还疑幻似真，甚至患得患失，担心它像春梦一样在顷刻间了无痕迹地消失掉！

踏入这个立体的地图，你耐心地印证书本给你的知识，你细心地发掘连书本都不曾记录的资料。你探索、你思考；你咀嚼、你消化。当你背起行囊离开时，你挥别的，再也不是一块陌生的土地了，它已成了你记忆之库中一位贴心的老友了。

这时，和别人谈起这个国家，你就会有属于自己的独特观感。

印度的确像风筝，但是，它像一只飞不起来的风筝。它很努力地在挣扎，然而，众多的人口沉沉地压在风筝上面，它挣扎得再辛苦，依然还是飞不高、飞不远。

奥地利呢，不折不扣的，就是一支小提琴。整块土地，布满了琴弦，人们轻轻地踏上去，美妙琴音处处飘。

乌拉圭果真像水，晶莹剔透、玲珑可爱。无论是民风、国情，都叫旅人眷恋又怀念。

将平面的地图和立体的地图互相参照后得出一个新的观感，是我旅行时百玩不厌的一项游戏。

为珍珠系线

我是在中国三江县程阳村结识这位名字唤作“麦克”的美国人的。

程阳村是中国少数民族侗族聚居的村庄。我们下榻于一户侗族人的家。有一天早上，寒风砭骨，主人在屋内燃柴生火，簌簌发抖着的我，坐在火堆旁烤火，和主人闲谈。

这时，有人敲门，门开处，有一名身高六尺有余的洋人热情万分地喊道：

“嗨，我又来了！”

让我至感意外的是：他说的，居然是字正腔圆的汉语！

“啊，麦克！”主人高兴地喊道，“快进来，这次准备住多久呢？”

“一个星期吧！”

“还是让您住在楼上那个房间吧？”

“好，没问题。”

外国人放下行李，也坐到火堆旁，友善地与我们搭讪。他是语言学家，5 年前，对深具图画美感的象形文字产生了莫大的兴趣，居然便在对方块字一无所知的情况下，由美国的得克萨斯州只身飞来中国。他不愿到洋人聚集的北京去凑热闹，特地选了洋人极少的柳州作为旅居处。他入读当地的语言专科学校，白天啃书，放学后便到处去逛、去听、去看、去感受。回家后，温习、咀嚼、消化。如此日夜拼搏了两年，听和说都无大碍了，索性又多学了一年，把书写和阅读的技能也掌握了。

“天天勤读报纸”是他学习语言的窍门。他指出：阅读报章，难度大，挑战性高。每份报纸都好像是一部百科全书，词汇多如恒河沙数。语言学习者通过不同的版面，学到各类专有名词。他认为一个人如果能够顺畅地读通整份外语报纸，基本上便可以说是掌握了那门语言了。

目前，麦克已将“面”的学习转入了“点”的钻研，他研究的课题是：侗族的语言文化。

他侃侃地说道：“侗族共有 8 种方言，侗族的传统家庭概念强，一般家庭成员都以方言沟通，所以，侗族的口语是绝对不会灭亡的。足堪忧虑的是书面语，由于现实社会里全无应用的机会，许多侗族人都不会写侗文。如果现在不努力挽救，恐怕假以时日，侗族文字便会永远消失了。”他顿了顿，又说：“侗族人能歌善舞，许多山歌，旋律优美，歌词充满了跳跃性的生命力，然而，今天，许多侗族人仅仅会唱而不会写，没有文字记载的歌曲，是不能永远流传的。”

“是啊是啊，”杨姓主人这时插嘴说道，“以前我丈夫追求我时，天天在门口唱山歌，我听得高兴，便开门让他进来，那种日子，真美丽。可惜，这些山歌，我儿子一首也不会唱了。”

我感慨地说道：“以后，可能侗族人还得远到美国去寻找他们的根呢！”

麦克一听这话，便立刻正色应道："我研究侗族的语言文化，可不是要将成果带回美国。我最大的目的是帮助侗族人保存自己的根。让我打个比方吧，侗族的文化，就像是一串灿然生光的珍珠，可是，串着珍珠的那一条线，已逐渐松脱了，我希望我能在珠子坠落散失之前，帮助他们重新把线绑好系紧。"

侗族幸运，因为他们碰上了像麦克这种捡海星的人。

但是，要真正地保留一门语言，要好好地保存一种传统文化，最重要的，恐怕还是民族本身的觉醒。

人间有爱

杰尔（Gyor）是匈牙利西北部与捷克交界的小城。

这座小城古雅而宁静，处处铺满了光滑的鹅卵石；路旁的屋子，闲闲地爬满了青苔。风在呢喃，鸟在啁啾，人呢，朦朦胧胧地不知身在何处。

杰尔城内有个大湖。

饱餐之后，沿着湖畔散步。累了，坐下，触目都是白天熟看的景致，可是，自己的心境，却纯然是陌生的。时光在这里不是向前走的，它向后退，愈退愈后，你定定地坐着时，好像也慢慢地变成了遗迹的一部分。

不远处有一对夫妇，很老了，颈上的皮肤层层相叠，体态也非常臃肿。夫妻两人，手上各自拿着一大袋面包皮，喂湖里的天鹅。他们以温柔的手势把面包皮抛落湖内，看天鹅快活地吃，夫妻俩脸上都闪着慈和的笑意。夕阳金黄色的余晖，把他们原本浑浊的双目照得晶亮晶亮的。孩子一个个长大成人而离家远去了，两个年近黄昏的老人，只好把喂饲天鹅想象成含饴弄孙而模模糊糊地享受着暮年的快乐。

偌大的天幕，一寸一寸地褪下色去。

喂毕面包，那个男的，借助手杖，吃力万分地站了起来。站稳以后，伸手去扶那个女的。女的比他更胖、更重，男的试了好几次才勉强把她扶直了。

夫妻俩在华裳尽褪的黄昏里，一前一后地走回家去。女的是个瘸子，几乎是一步一顿的，男的极有耐性，在后头慢吞吞地跟着。来到了大湖与草坪相接的那一道长长的阶梯时，男的抢先一步，站在第一个阶梯上，然后，将手臂做成一个扶栏，让女的攀着，两个人，吃力万分、一步一顿地爬上去。

阶梯尽头，有成排公寓，万户灯火亮。湖上不知何时凝聚了一层薄薄的雾气，“雾里看花花非花”，一切的一切，都有堕入幻境的感觉；然而，远处那公寓里的灯光，却又给人一种身在人间的踏实感。

我揉了揉眼，揉去了那一抹骤然涌上眼眶的潮湿感；揉不去的，是那两团臃肿的身影。

啊，人间有爱，纵是日影西斜，生活依然会焕发出绚烂的光彩！

刀剑的知己

长期锻造刀和剑，使阿昌族读懂了刀的精神、剑的内涵，他们勇敢、坚毅、不屈不挠。

一迈入这个被唤作“户撒”的地方，我便产生了一种恍惚的迷离感，仿佛一不小心掉入了古老的时光隧道，错误地闯入了一个充满了刀光剑影的武侠世界。

街，长长长长的街道，一间一间，全是染着岁月烙痕的店。每家店铺里的刀锋剑刃都闪出了那一道道、一圈圈犀利阴冷的光芒；而那挂满了一把一把长长短短的刀和剑的店铺，都在静静地叙述着一则一则沧桑的老故事。

户撒位于云南西部德宏州陇川县，是阿昌族聚居的地方。

阿昌族是中国人口较少的民族之一，散布在云南省内者约有两万，占全中国阿昌族总人口的 80% 以上。

阿昌族是一个古老的民族，手工业非常发达，制刀铸剑的技术登峰造极，上述那户撒刀，便是盛名远播的刀中精品。

有人以“柔可绕指，削铁如泥”来形容户撒刀。咦咦咦，柔和刚、软和硬，明明是南辕北辙的对立者，怎么竟会矛盾地相统一呢？

我百思不得其解。

对此，一位学识丰富的阿昌族老先生——赵家培先生做出了解释：

“一些技艺出神入化的老工匠，的确能够把刀打制得刚柔兼备。比如说吧，他们所打造的一种长刀，便是软硬兼具的。在不使用时，可以将它任意拗弯弄曲，像腰带一样柔柔软软地围系在腰间；等到要用而解下时，长刀立刻变得直直的、硬硬的，挥动它时，气势如虹，削铁如泥！”

哇！真是世间一绝呵！

阿昌族锻造户撒刀，已有六百余年的历史。相传明朝军队屯驻于此，有一部分人是专门制作兵器的；而有些拥有精湛锻造技艺的工匠后来与当地的阿昌族通婚，冶炼刀剑的技艺因此而传授给了阿昌族，源远流长地保留了下来。

根据赵家培的分析，户撒刀遐迩闻名，是实至名归的。它有三好：其一是选料讲究；其二是淬火技术掌握得特别好；其三是刮磨得平滑美观。鉴于此，锻造出来的刀剑长年散发熠熠亮光，经久耐用。他说：“即使用得多、用得久而稍觉钝了，只要随意地、轻轻地磨一下，立刻便又锋芒毕露，锐利无比！”

善于锻铁的阿昌族人，几乎人人精于制刀炼剑。在阿昌族聚居的地区，有三分之一的人家是生产户撒刀的，品种有一百五十余种，长刀、腰刀、钢刀、背刀，各具特色。

我注意到，户撒刀不仅实用，还兼具艺术的美感。刀柄和刀鞘上，都刻着龙飞凤舞的字体，如“猛虎长啸”这四个字，有磅礴的气势；如“东方日出”，有气吞山河的气概，这些气势不凡的词句无形中给刀和剑平添了几许耐人咀嚼的深意。除此之外，许多刀柄和刀鞘还装饰以风格多变的图案或镶嵌以瑰丽璀璨的宝石，原本杀气腾腾的武器经此一弄，脱胎换骨，变得深沉厚重、和谐雅致，在轻巧华丽中展现出一种力的雄浑美。正因为这样，许多人远道而来买刀、购剑，目的不为舞刀、弄剑，而是把刀和剑当作精美的艺术品来收藏！

刀和剑，因此而得以升华到一个新的境界。

一个有趣的事实是，迄今为止，许多阿昌族的男性依然保留着在家锻制刀器的古老习俗。阿昌族有此一说："不会制刀者绝对不是好男儿。"阿昌族的男子外出时，穿着传统的黑色对襟上衣，配搭裤脚短而宽的黑色裤子，腰佩长刀，英姿飒爽，无比俊朗。

大家都知道，精于锻制刀剑的阿昌族绝对不是好打斗狠的一族，反之，他们热诚好客，勤奋善良。在很久以前，阿昌族就不畏困难，在崇山峻岭中开辟田地，引水灌溉，发展农业。相传水稻之王"毫安公"就是阿昌族培育的。

长期锻造刀和剑，使阿昌族读懂了刀的精神，读懂了剑的内涵，他们勇敢、坚毅、不屈不挠。

阿昌族，是刀和剑真正的知己。

印度大麻

我到尼泊尔一个风光如画的小镇杜利凯尔（Dhulikhel）去留宿了一宵。

傍晚，外出散步，行经一个以务农为主的小村庄时，一名少年，突然欺身而来，压低嗓子问道："你们要不要买印度大麻（Hashish）?"

风闻尼泊尔买卖大麻的风气很盛已久，但没有想到向我们兜售的，竟是一个乳臭未干的少年！

从来没有机会看过所谓的印度大麻，因此，佯装有兴趣。少年嘱我们稍稍等候，飞也似的消失于小巷的尽头，约莫等了十分钟，便又看到他出现了。他将我们扯到一个角落去，鬼鬼祟祟地从裤袋里取出了一个以旧报纸裹着的小纸包，递给我。我小心翼翼地拆开一看，里面是揉得细细碎碎的干茎枯叶，好似一堆干燥的草药。这时，我看到角落处有个成人在探头探脑地窥视。我们生怕平白无故地惹上不必要的麻烦，不敢久留，速速把那包东西退还给小少年，再送他 100 个卢比当小费，便快步离开了。

根据民间偏方，将印度大麻捣烂，混合其他草药，服食之后，可治咳嗽与喉部不适。由于它具有医疗作用，因此，在20世纪五六十年代的尼泊尔，印度大麻的种植并未受到有关当局的严格禁止，有些人甚至在自家的后院栽种。

日胜的一位活跃于商界的朋友就曾亲口告诉我们，当他于20世纪60年代初期从英国留学归来时，他所服务的公司派遣他到尼泊尔北部去工作，那儿无电无水，夏天气温高达四十度，热得全身冒着袅袅的烟气。生活枯燥加上心情烦躁，他夜夜难以入眠，辛苦不堪。后来，他接受了朋友的建议，将印度大麻的茎与叶采摘下来，晒上两天，再将它们烘得干干透透的，与烟草混合来吸，吸了之后，不但心情舒适宁静，而且高枕无忧，一夜酣眠到天亮。朋友苦笑着说，他当时并没有把印度大麻当成是毒品；后来，他离开北部返回城市工作，很是费了一番劲儿，才戒掉了这不经意间养成的毒瘾。

到了20世纪70年代，政府才出面禁止民间种植大麻。然而，积重难返，在许多小村小镇，依然有人偷偷地将大麻种在屋后的小园圃里。我在尼泊尔驱车北上南下，曾多次看到印度大麻在园地的一隅暗暗地生长着。它的树叶，细细长长的，秀里秀气的，真可说是“金玉其外，败絮其中”呐！一般而言，印度大麻只需要种上6个月，便会长出果实，果实极小，经过加工提炼之后，可以制成其他的麻醉品。

目前，最令有识之士担忧的是毒品在年青一代当中被恣意滥用。有人将印度大麻掺入蛋糕、巧克力、糖果和饼干里，偷偷出售，也有人在大街小巷里兜售晒干了的印度大麻。有关当局虽然尽力扫荡，但是，“道高一尺，魔高一丈”，贩毒和嗜毒的，各显神通、各施其法，使毒品问题成了有关当局“胸口常年的痛”！

嘶喊的蚱蜢

一盏一盏煤油灯，很努力地在墨黑的夜空里绽放出一团一团的亮光。

一个一个摊子，很尽心地在拥挤的人潮里制造出一缕一缕的香味。

灯光是朦胧的，香味却是强烈的。

泰国曼谷的这一条街，名不见经传，但是，充满了我很喜欢的那种独特的韵味与魅力。在沾满了尘嚣的喧哗与热闹中，其毫不矫饰地散发着一股闲适自在、放任无羁的气息。

街上摆卖的，都是些惯见的寻常小食。

走着走着，忽然听到一阵一阵“嘶喊”的声音，有一股脆香脆香的味儿顽皮地窜进了鼻端。摊主是一位年轻的女子，神情专注地守着那一锅在沸油里不绝“嘶喊”的东西。

嘶——嘶——嘶。

嘶——嘶——嘶。

好奇地趋近而看，锅很黑，可是，那油，比锅更黑，我只看到一大堆弯弯曲曲的东西在滚烫的黑油里载浮载沉。

“是炸虾吧?”我猜。

“是炸虾。”日胜附和着，眼中闪过一抹促狭的笑意，“想吃吗?”

“想。”我应。

于是，两个人，站在摊子旁，等。

她炸好了，用网状的勺子捞起，放在圆形的大铁盘上。我不经意地用目光瞄了瞄，咦，这些“虾”，怎么如此“多足”呢?把脸凑上前，一看、二看、三看，哎呀妈呀，这哪是什么大虾啊，这是油炸蚱蜢呵!

日胜买了一大包，笑嘻嘻地说：

“闭上眼，就当它是大虾来吃吧!听说营养价值比大虾高得多呢!”

尽管油炸蚱蜢已是泰国一道闻名遐迩的小食，然而，坦白地说，要把这炸过以后外形类似蟑螂的鬼东西放进嘴里，是需要勇气的。在日胜再三的怂恿下，我拈起一只，丢进口里，怕它复活，三两下子囫囵吞下，完全品尝不出它的滋味。后来，我鼓起余勇，又试了一只，“咔啦”一声，脆脆的蚱蜢在嘴里四分五裂，勉强把它逼下喉头，而感觉它细细的脚，还流里流气地缠绕在我舌头上，死赖不走。

我迅速地升了白旗，再也不让它入口了!

据说在泰国一些贫穷的乡村里，村民往往多月不知肉味，在田野间跳动的蚱蜢，成了村民眼中新鲜绝顶的“肉食”，扑之灭之捕之食之，男女老幼，无一不爱。

我呢，与它无缘，未尝时怕，尝了更怕!

四季的太阳

以前读过一则饶具兴味的小故事。

一名小男孩，问一位海员："叔叔，航海最大的乐趣是什么？"海员不徐不疾地应道："看各地阳光的变化。"懵懂无知的小男孩迷惑不解地问："太阳，不就只有一个吗？各地的阳光，哪会有什么不同！"海员微笑应道："大不相同呐！"

海员说得一点儿也没错，各地的阳光，尤其是四季交替更易的太阳，的的确确展现了截然不同的风情。

春天的太阳，像个不识愁滋味的青春少女，开朗活泼、天真烂漫。它明亮而不炙热，明媚而不艳俗。

有一年春天，我在荷兰。婀娜多姿的郁金香，发狂地吞食春季温煦的阳光，宛若杯形的花瓣，被映照得近乎透明，好似太阳把它的灵魂顽皮地藏在花蕊里，然后，再透过花瓣来偷窥外面的世界。远远望去，百朵千朵万万朵郁金香，好似百盏千盏万万盏小灯笼，自得其乐地闪着一种独独属于春的亮泽，风情万种哟！

夏天的太阳，像性子暴烈的少妇，老是发脾气。它是刀，是箭，是匕首，是短剑。一发怒，便乱砍，乱射，乱投，乱挥，心狠手辣地把靠近它的人弄得遍体鳞伤。

有个夏天，我骑着骆驼彳彳亍亍地行经撒哈拉大沙漠。阳光，裂成千千万万细细碎碎的玻璃片，一下一下地凌迟大地上的人。绵延万里、苍苍茫茫的黄沙，被强烈得近乎跋扈的太阳照得“嗤嗤嗤”地冒着烟气。在强光之中，我什么都看不见，只看到周围胡乱跳跃的金星！

秋天的太阳，像饱经沧桑的中年妇女，含蓄内敛而又善解人意。

某个秋季，我在中国北方的大连。到果园去逛，枝丫上满满地挂着丰硕的苹果。果子很圆、很大，可是未熟，青涩涩、阴森森。雍容华贵的秋季阳光，由层层叠叠的叶子缝隙中筛落下来，大方得体地为颗颗苹果镀上了层层亮丽的金光，树树绚丽，满园璀璨！

冬天的太阳，像是洞悉世情的老妪，老迈无力，但是，沉稳大度。

有一年冬天，我在澳大利亚。下午，太阳苟延残喘地坐在天边歇息。我到悉尼的公园去，石椅上，坐满了慵慵懒懒又闲闲散散的老人。寒气，宛如尖尖的矛，毫不留情地对手无寸铁的暮年老人发起攻击。软弱无力的阳光，化身为薄薄的盾，竭尽全力地去挡，然而，力不从心，于是，只好满怀歉意地停驻在老人稀疏的头发上，照出一圈一圈银白色的、庄严无比的亮辉！

土地的呼唤

从信箱里取出的这一封信，整整齐齐地贴着两张摩洛哥的邮票。

一看，快乐骤然化成强风，在心湖掀起万丈巨浪。

这信，是哈山寄来的。

拆开，哇，厚厚的一叠，不像信，倒像是资料。

速读一遍，慢读一遍，又细读一遍。读着读着，哈山那粗犷中透着纯朴的脸，在脑海里清清楚楚地浮现。

哈山，是我到摩洛哥旅行时认识的朋友，我曾接受邀请，到他家小住两天。他那所土砌的平房坐落于非洲土著柏柏尔人聚居的村庄古鲁拉玛，全村居民三千余人。

信里，他兴致勃勃地告诉我，他已取得了非斯大学英文学系的学位了。以下这一段文字，深深地触动了我：

“在摩洛哥，通晓英文的人不多，所以，我一毕业，非斯便有许多机构给我提供薪金优厚的工作。可是，我没接受。现在，我已经从非斯正式搬回古鲁拉玛村了。我回来，是因为我听到土地对我一声声真诚而又亲切的呼唤。我已向政府租用了一块500平方米的土地，准备种植利润丰厚的橄榄树，此外，我还会设法买一些牛和羊来饲养。将来赚了钱以后，我打算设立一所现代化的榨油厂。你知道吗，目前，在古鲁拉玛村，村民们仍然是依靠驴子拉磨的古老法子来榨取橄榄油的。世界在起着翻天覆地的变化，可是，我们村子里的柏柏尔人，却还是故步自封地过着传统、落后的日子。文盲率高、识字率低，是所有问题的症结。今后，我最大的愿望，不是靠机械化的榨油厂来赚取大钱，而是赚钱以后，在村子里开办多所学校，教育村民，改善村民的生活。”

读着读着，哈山落在信笺上的那个影子，越变越高，高高高高高，最后，幻成了一座山，凝在那儿。

由哈山，我想起了住在南美洲亚马孙丛林里的土著。他们当中，有一小部分离开丛林，走入城市，接受高等教育。毕业之后，落足城市，不屑回去。偶尔省亲，嫌河水肮脏而自携矿泉水，嫌村民无知而成日与自携的收音机做伴，自封为丛林里的“特殊阶级”。丛林生活，一百年前落后不堪，一百年后依然如此。没人关心，更没人想去改善。

回信时，我说：

“哈山，你办的学校开课的那一天，我一定会再去摩洛哥的，为你贺喜，为你打气，为你鼓掌。”

块状的快乐

那块状的快乐，并不是抽象的。

它有形、有色、有声，可触、可感、可闻。

在土耳其北部的小镇尔登尼，我在一家店面宽敞但没有冷气设备的餐馆用餐。

整家餐馆都在微微地震动着。我忍不住把侍者召来，半开玩笑地问他："上面是体育馆吗？"

"不。"侍者一本正经地答，"有人举行婚礼。"

哇，机会难逢。风卷残云般吃光盘中食物，速速上楼观礼。

筵开数十席，密密麻麻地坐满了人。人人都把颈项伸得长长的，朝前面看。有人吹口哨，有人喝彩，有人拍掌，有人顿足。乐声流淌，闹声喧天。

我趋前一看，立刻乐开了怀。

新郎和新娘，正在前面的一方空地上，狂放地扭舞呐！

新郎高高瘦瘦，鼻子大而多肉，憨厚！新娘亦高亦瘦，大而多肉的是她的双唇，性感！

两个人，在乐声里，变成了火中的蛇，狂热地扭来扭去。四颗眼珠，上了爱的釉彩、涂了爱的万能胶，晶晶发亮而又紧紧胶合。

众人喊、众人叫，跳着舞的这两个人，浑然忘我，他们的世界，只有彼此。

一曲既毕，两人当众拥吻。接着，宾客们蜂拥而上，争着和新郎、新娘跳舞，送上至诚的祝福。

令我感到惊讶的是，宾客桌上始终只有花生和汽水，没有别的食物和饮料。

事后，一位土耳其朋友告诉我，这是当地很流行的一种婚庆方式。

在婚庆仪式上，主食是“快乐”。

一对新人，通过“爱之舞”把快乐切成一块块，送给宾客；宾客呢，带着祝贺的心情，大口吞食“快乐”。

此刻，我这个不请自来的远方客人，也毫不客气地捧着一大块“快乐”，嚼嚼嚼、吞吞吞！

力

才一看，便大大地被震撼了。

不是震撼于它的魁梧粗壮，也不是震撼于它的老而不朽，而是深深深深地折服于它无孔不入的意志、无坚不摧的顽强。

我静静地仰着头看，看看看，震撼的力道，像万丈波涛，撞击心岸，卷起千堆雪。

这棵榕树，已有500年的树龄了。

它就长在中国广东省佛山市的南风古灶内，在当地赫赫有名。

南风古灶建于明朝，是当时陶瓷业发展至鼎盛时期生产技术承前启后的产物，500年来窑火不断，是中国年代最久远，且延续使用至今的龙窑，被誉为“活的文物”“移不动的国宝”。

让人难以置信的是，这株古榕，不是规规矩矩地从泥土里长出来的。有个传说：有只鸟儿无意间将口中衔着的种子掉落在古灶上，它就这样风风火火地长了起来。

远远望去，高高地盘踞在古灶上的这棵榕树，就像突兀地从窑砖里窜出来。它霸里霸气地趴在古窑上。粗大如碗的根，在砖砌的窑上恣意爬行，像一只狂舞的蜘蛛。榕树的根，不屈不挠地穿越古灶的缝隙，一心一意地向下延伸，竭力想要攫取泥土的营养。它向下钻营的力道是那么的强劲，有着一种不顾一切的狂烈，把古老的窑砖都撑得惨惨惨惨地裂开了。凭着惊人、强韧的意志力，那根，在努力又努力之后，得遂所愿地钻入了地底深处，贪婪地吮吸泥土的养分，自此愈长愈壮，愈老风情愈佳。

多年以来，窑火不灭，榕树常青。灶与树，相伴相生，共沐风雨。在如此高温的环境里，榕树能够长得枝繁叶茂，的确是个令人咂舌的奇迹。

这株被植物学家誉为“天下第一奇榕”的树，同时又被视为能带来好运的“风水树”。

相传铸陶大师有一回生病了，久医不愈，心里却一直牵挂着烧陶的工作。一日，他颤巍巍地前来巡视，然而，他体虚气喘，行走艰难，于是徒弟将他扶到榕树旁，让他坐在树荫下。他休息片刻后，元气大增，纠缠多时的恶疾，霍然而愈。从此，这树便被看作是有灵性的巨树，人人都说：“摸摸榕树头，一世无忧愁。”

此刻，以“高山仰止”的心态看这古榕，令人不禁肃然起敬。

啊，究竟是怎么样的一种信念，才会使它“不按常理出牌”，不以泥为本而以灶为基，让那颗看似卑微渺小实则浩瀚博大的种子刚强猛烈地体现自己求生的本能？呵，究竟是怎么样的一种坚持，才能使它排除万难地将“荆棘重重”的“不可能”转化为“唾手可得”的“可能”？

过去写小说时，常写什么“她固执得像榕树的根那样不可理喻”，现在回想，汗颜。

榕树的根，不是固执，绝对不是的。

它仅仅是要向世人证明力的美、力的强、力的无所不能。

而力道呵，很多时候，来自心。

好玩吗？

每每出国旅行回来，碰到朋友，他们总会习惯性地问：

“好玩吗？”

这是一个最简单，但又最难回答的问题。

因为“好不好玩”，完全取决于个人的旅游观，而旅游观却又是受个人的生命观和价值观影响而形成的。

一般而言，在旅游时，着重点不同，往往会造成迥然而异的印象。

一位周游列国的美国籍朋友，就毫不犹豫地把缅甸列为他旅行生涯中的最爱。缅甸那尚未受旅游热潮所破坏的淳朴面貌、散布于全国各处古雅庄严的寺庙以及与世无争的生活态度，均构成了他津津乐道的旅游魅力。他甚至把缅甸东部的茵莱湖视为人间绝无仅有的世外桃源，啧啧惊叹于它那种超尘绝俗的秀丽。

然而，另一位英国籍朋友，提起缅甸却怨声载道，说它落后、肮脏、原始；嫌它灰尘多、苍蝇多、乞丐多；恨它交通工具陈旧、旅馆设施不好、缺乏可刺激感官的旅游热点。她的结论是：到缅甸旅行，是“花钱买罪受”的一种自我折磨方式。

瞧，甲之糖霜，乙之砒霜；甲之鱼翅，乙之鱼刺。一方爱入心坎，一方恨之入骨。“好不好玩”，又哪有什么准则？

另外两位新加坡籍朋友，谈到埃及时，也有着截然不同的印象。

甲一说到开罗便咬牙切齿，原因是她疯狂购物时，上了大当；到热闹的集市去逛时，又倒霉地遇上了扒手；更不幸的是，当地导游不负责任，许多安排好的节目，都临时取消了，所以，乘兴而去，败兴而返的她，恨意难消地把埃及称为“鬼地方”。

乙呢，正好相反，一提起埃及便眉飞色舞。事前，她读了许多相关的资料，到了开罗，又邂逅了一位具有文化素养的导游，通过导游富有深度的讲述来了解埃及，不但印证了许多书本上的资料，而且，还解除了留存在她心里的许多疑窦，得到了多于其他游客数倍的收获。返回国门后，关于埃及她总是百说不厌，说时，总不忘竖起大拇指，将其赞颂一番。

瞧瞧，不同的际遇，也造就了不同的观感。

所以说嘛，“好不好玩”这个问题，问一百个人，便能得到一百个完全不同的答案！

岁月的美酒

这家面向大西洋的露天餐馆，坐落于南非开普敦。

妩媚的紫薇花，在啁啾的鸟声里，着了魔似的，放任而浪漫地开满了一树。海风一吹，浸在春意里的花，便大梦初醒般地徐徐飘落，纷纷扬扬，好似淡紫色的雪。

树下，有木桌、木凳。

长长的木凳上，有两个人，一男一女，长得胖圆胖圆的，肩靠肩，亲亲热热地坐在一起。

男的，头发“老”得很彻底，银亮的光辉优雅地闪烁着；女的呢，三千烦恼丝处在“将老未老”的尴尬情景中，灰褐相杂，很无趣地呈现出苦苦挣扎的状况。

侍者捧来了两人点的东西：大杯的啤酒，还有，这家餐馆的招牌名菜“蒜泥大虾”。

盘里的虾，有大的，亦有小的。两位老人看了看，不约而同地拿起了叉子，将盘里的大虾挑起来，给对方。

两支叉子，中途相遇、相撞，两位老人相视而笑，多少柔情，尽在不言中。

春天明媚的阳光，像刚刚被洗涤过般，清新亮丽，把万物照得熠熠生辉；泛着泡沫的啤酒，像熔化了的旭阳，在玻璃杯里闪出令人难以直视的金色亮光。

两位老人一面慢条斯理地吃，一面絮絮地交谈。

每当女的开口说话时，男的便以含笑的眸子看她，专注而温柔。女的说得起劲，男的听得用心，此时有声胜无声。然后，轮到那个男的开口了，他言谈幽默，每每说不了几句，女的便会发出很响亮的笑声，呵呵呵呵呵呵，笑声落进海风里，海风便裹着它，把它送到更远的地方去。

这时，太阳耀目的亮光和啤酒绚烂的金光不分彼此地交缠在一起，罩在两张皱纹横生的脸上，看起来就好像是蜘蛛以一缕缕的金丝银线细心织成的两张富贵的网。

这两个人，在年过七旬的金色年华中，共同畅饮岁月酿成的那一坛美酒。生活里共有的甜蜜与沧桑、生命中曾有的成功与失败，全都成了无关痛痒的过眼云烟。此刻，他们在意的，仅仅是炽热爱情转化而成的这一份温情，并努力把暮年的那一盏原本黯淡的灯点得更璀璨、更明亮。

扁　桃

一踏进突尼斯，便发现它无处不在了。

菜市里、大街上、小巷内、店铺中，处处处处，堆积如山。

它色呈草绿，比拇指略大，一颗颗椭圆形的，像一个个绿色的眼眸，勾人魂魄。

每公斤约合七十美分，卖它的人多，买它的人更多。

突尼斯人把它买下后，便迫不及待地生吃它。把它放在上下牙齿间，顺着纹理，狠狠一咬，坚硬的果壳裂成两半，露出了一层米黄色的薄膜。撕开薄膜，乳白色的果仁便娇柔妩媚地躺在那儿。用齿尖轻轻咬住果仁，然后，以舌头把它卷入口中。它质地爽脆，初尝只觉味淡，细嚼之下，却有一股清新而又香甜的味儿在口腔里缓缓舒展。

它就是扁桃（Almond）。

扁桃内的果仁，俗称“杏仁”。

我曾尝过无数由杏仁制成的副食品，诸如杏仁饼、杏仁糊、杏仁茶、杏仁糕、杏仁巧克力、糖渍杏仁、咸烤杏仁等，可是，生食杏仁，却还是头一回呢！

扁桃含有少量的蛋白质、铁、钙、磷、维生素以及大量的脂肪，因此，在生活水平普遍较低的突尼斯，人人爱它，人人吃它。他们生吃扁桃，犹如华人嗑瓜子，手里抓着一大把，一面慢慢地走，一面闲闲地咬，把果仁卷入口后，便随手把厚厚的果壳丢在地上，远远望去，这里那里，绿光闪闪。

突尼斯一名在读的大学生告诉我，多年以来，他都把新鲜的杏仁夹在大熟的椰枣里当早餐，他说："椰枣味浓而杏仁味淡，椰枣大甜而杏仁清香，椰枣软黏而杏仁爽脆，两者搭配得天衣无缝呢!"

这道美味而廉价的早餐，给他整个早上的活动提供了必要的热能。后来，和当地人频繁接触，才发现这种配搭，在当地是极受欢迎的一种吃法。

有一回，我接受邀请，到一位初识的友人家中做客。一迈入大厅，便发现朋友的妻子正和几位妯娌团团地坐成了一个小圆圈，中央堆着好似小丘般的扁桃，还有一对铜质的小臼杵、一个小炭炉。她们在臼杵里把扁桃舂开，取出果仁，放在炭火上慢慢地烤成黄褐色再吃。

啊，这堆妇人，在烤杏仁的同时，也在烤时间、烤耐性，还有，最重要的，在烤一种很美丽很美丽的传统……

挑水的故事

那一年，我偕同婆母到海南岛去，主要是替她圆美丽的“还乡梦”。

回到了文昌市名门村，乡亲父老以闪现着泪影的笑声和剪不断理还乱的闹声，把离乡半个世纪的婆母迎回家去。叙旧以后，还是叙旧，五十年的乡情，像一条源远流长的溪，找不到尽头。

傍晚，把嗓子说哑了的婆母，带我去看名门村那一口永不干涸的明月井。将坠未坠的夕阳，为那清澈的井水薄薄地镀上了一层酡色的亮光。

婆媳俩，闲闲地坐在井畔聊天。

婆母指着那一口井，感慨万千地说：

“在这儿生活时，天天都得挑水，来来回回地挑上十多趟，才够一家子使用。挑水，不但要有臂力和脚力，还得讲点技巧。”

婆母说着，站起来示范。

“桶，用力地抛进井里，水一满，必须直直地提上来。扁担两头，一头一只桶，人呢，一蹲、一站，居中挑起扁担，大步向前走，不得回顾，不得停歇。每每到家，滴水不溅，两只桶，都是满满的，看了就开心。”

说着，婆母的嘴角泛起了一抹笑意：

“我的弟妇，就不行啰！她走得慢，中途又常停顿，桶里的水，边走边溢，越溢越少，回家一看，只剩半桶。”

聊起这些琐琐碎碎的陈年往事，婆母谈兴极浓。

“当年，我的婆婆，是个很严厉的妇人。我和弟妇两人，一天到晚被她差遣得团团转，连喘息的机会也没有。有一回，我生病，发高烧，可是，她还是坚持要我去挑水，结果呢，把水桶从井中拉起来时，我也整个人昏倒在井边！我病倒了以后，可怜我那弟妇，往往返返挑水挑得连肩膀都肿了起来。”

忆及她那苛刻的婆婆的种种不合理的行为，我眼前这位年近八旬而心胸开阔的婆母，语气中无怨，语调中无恨：

“她很不容易相处，可是，既然她是我婆婆，我也只有忍着她、让着她了。只有一件事，我始终瞒着她。”

我的好奇心，全被撩起来了。

“村子里有个老妪，没儿没女，年老力衰，我每天都挑好几桶水给她用。我力气大，脚力强，走得快；每每我的弟妇往返一趟，我却已来去三回。我就利用这个便利，替那个老婆婆挑了好多年的水，直到她去世为止。”

夕阳的余晖落了下来，婆母多皱的脸，好像罩了一张橙色的蜘蛛网。

啊，这是一张绝顶美丽的脸。

星期四娶星期六

邦邦和丁丁，是缅甸人。他们在五年前结婚，可是，婚后不久，妻子丁丁便被任职公司调到国外，夫妻俩长期过着两地分隔的生活。奇怪的是，对于这种牛郎织女式的婚姻，他们不但毫无怨言，反而暗暗欢喜。

“我们的结合，违反了民间的习俗。目前这种两地分居的情况，已经是我们所得到的最轻的惩罚了。按照惯例，诞生在星期四的人如果和星期六出生的人结婚，往往不是以离婚告终，便是会有一方死亡。”

坐在仰光的咖啡室里，我津津有味地聆听律师丁丁畅述缅甸人的婚俗。

以出生的日子来配婚，是缅甸人自古以来便需严格遵守的习俗。

根据这一习俗，有四组出生日子相克的人是严禁通婚的。这相克的四组是：星期四和星期六；星期三和星期日；星期一和星期五；星期二和星期三。缅甸人还据此编成了朗朗上口的顺口溜哩！

随着教育的日渐普及、社会风气的日益开放，出生日子相克而心心相印的年轻人，都在设法冲破古老的习俗而共筑爱巢。然而，可悲的是，千百年来根深蒂固的观念，仍然不可避免地在他们的婚姻里投下了阴影，再加上双方在得不到亲戚朋友祝福的情况下结合，心理上已经先打了败仗；一旦婚姻出现危机，他们便会消极地归咎于命运而不积极地进行自我补救。

有四组出生日期，在婚姻的配搭上，是吉利的、相辅的。比如说，星期日和星期四；星期一和星期三；星期二和星期五；星期六和星期三，便是最佳的配搭。以上生日的夫妻结合以后，不但恩爱逾恒，而且事事顺遂。

遗憾的是，爱神丘比特在发射爱之箭时，没有考虑到人间诸种复杂的因素，共浴爱河的男女，相辅相济者固然有，相克相冲者也不少。

我打趣地问丁丁：

“在缅甸，未婚男女会不会在邂逅之际打听对方出生的日子?”

丁丁笑应：

“一看对方的姓名便知道了，何必打听!”

天！缅甸人居然把出生的日子列为姓名的一部分!

有趣的是，许多缅甸人把对婚姻的忌讳，也延伸到生活中。

比如说，诞生于星期四的邦邦，就不肯在星期六搭乘飞机或签订工作合同，他笑嘻嘻地说：

“如果我星期六玩桥牌，一定会输得一塌糊涂的。”

只有在婚姻这一事上，邦邦当了勇夫。

木雕桌子

到印度北部的克什米尔时，是风光明媚的春天。

住在船屋里，船屋正正地对着终年积雪的喜马拉雅山。白天，整座雪山静静地睡倒在水色澄澈的内青湖上。夜晚一来，雪山便醒了，山顶皑皑的积雪，是它手提的探照灯，照射过来时，整个湖、整个天，都被它映照得亮晃晃的。

明明是春天，可是，看到的却又是雪景，感觉十分奇特。

一大早，阳光与雪光齐齐照进船屋里。

起身，用过了早餐，轻快的小舟，便划了过来。

坐上去，也不问目的地，任船夫随意把舟划。

船夫划呀划的，划近了湖中心的一家船屋。我攀上去一看，原来是卖家具的。家具全以胡桃木制成，大至桌椅、橱床，小至饭勺、笔盒，都有。

看中了一张咖啡桌，由桌面至桌脚，全都是细细的雕刻，纹路清楚，一丝不苟。凑过头去看，才发现整个桌面，是一座“大森林”。森林里百兽齐集，十二生肖里的动物，都有；十二生肖里没有的动物，也有。这些动物，或凶神恶煞地张牙舞爪，或惊惶万分地拔足狂奔，或姿态美妙地飞跃在半空中，或双目机警地倚在树干旁。千姿百态，形貌各异。四根桌脚呢，是四条“蓄势待发、意欲冲天”的龙。百兽担心桌面被龙整个掀起，所以，各尽一己之力，死压桌面，一眼看去，整个桌面充满了使人心弦悸动的生命力。

一见钟情，越看越爱，完全忘了旅行不购物的决心。

难得的是，船主并不急于出售，只静坐一隅，用淡淡的目光瞅我们。我们的惊喜、我们的激赏，好似都牵引不出他心中的快乐。也许，对心爱的雕刻品，他心中应该也是很不舍吧。

安排以海运的方式迢迢千里地把这张桌子买回来。

请新加坡家具店的工人来为它们喷釉彩，工人啧啧赞叹：“这雕工，少见的精美！”

顺口问他：“这桌子，倘若由你来雕，要多久？”

他老老实实地应道：“一辈子也雕不出。”

雕不出，除了手艺不够高明以外，相信也因为他缺乏了一份由湖光山色吸收而来的灵气！

柚子情

小的时候，住在怡保。

中秋节一到，一缕一缕轻轻淡淡若有似无的柚子香，便无限多情地缠绕在美丽的山城里。街上，一摊摊、一堆堆，卖的全都是柚子，圆圆大大的、丰丰实实的、饱饱满满的，好似一圈一圈绿色的笑影。

欢天喜地地跟在母亲后头，看她选柚子。首先看柚皮，凡是滑滑亮亮，得意地泛着润泽油光的，新鲜度高。其次掂重量，那些提着显得赘手的，水分多。母亲细心地选了一堆，小贩用网篮兜住，母亲拖着沉甸甸的柚子，伸手召来了三轮车。我和母亲，坐在三轮车陈旧的坐垫上，脚下，满满地堆着柚子。三轮车在交通并不繁忙的古老街道晃荡晃荡地走着，我靠在母亲的臂弯里，母亲身上的香粉味儿和柚子的清新味儿难分难解地缠在一块儿，我闻着闻着，便甜甜地睡过去了。

爸爸切柚子，有个又快又准的好法子。他把磨得极利的刀子，在柚子中央朝东西方向团团团团地切割一圈，双手上下一掰，两片半圆形的柚子皮，便利落地掉了出来。这法子，看似容易，可得用上功夫的呐！倘若下刀太重，会伤及柚子肉；下刀太轻，又掰不开；力道必须不轻不重恰恰好，才能漂亮地成事。柚子一剥好，孩子抢的不是柚子肉，而是柚子皮。抢到了，便戴在头上当“头盔”。它软软的、凉凉的，戴了一阵子，连头发都沾上了柚子的香味，很好闻。母亲把一瓣瓣柚子肉细心地剥出来让我们吃，我们把晶莹剔透的果肉放在掌心里，就着橙黄的月色看，犹如无数的水晶体聚集在一块儿，闪闪发亮，再仔细看时，掌上立着的，又好似是一堆凝固不动的萤火虫。

怡保的柚子，水分极多，清甜绝顶，每吃一口，都好像是在啜饮柚子汁。天上有圆圆的月、地上有圆圆的柚，黄黄的月色照在绿绿的柚子上，使柚子绽放出一种好似绿玉般的亮光，将我童年的中秋夜映照得光辉灿烂。

移居到新加坡后，中秋节时，买泰国进口的柚子。厚厚的皮、红红的肉、酸酸的味，只吃一瓣，食欲便失。

举头望明月，低头思柚子。

当然，在这一份对柚子的刻骨思念里，也包含了那一缕好似魂魄般终生相随的乡情，包含了温馨贴心的童年回忆，包含了戴“柚子盔”时对父亲的依赖和尝柚子肉时对母亲的依恋……

树化玉

硬度高而色泽丰富的“树化玉”，既具有玉石透明细密的特质，又保留着树木特有的木质纤维和木纹结构。

一迈入勐巴娜西珍奇园，一双眸子，便像着了魔似的化成了两道划过天空的闪电；一颗心，晕眩而又亢奋，犹如不小心撞上了不属于这个年龄的爱情。

满园都是稀珍异宝。

色彩斑斓绚丽，质地细密清透，每一块大大小小的展示品，都好像是千年难得一见的瑰宝。

然而，让人难以意料的是，这些百分之百像足玉石的宝藏，居然全都不是玉石，通通通通都不是。

它们是老得令人瞠目结舌的沧桑古木（俗称“树化石”）。

它们究竟有多老呢？

不可思议的老，亿万年。

亿万年？

一点儿也没错，亿万年。

在缅甸，流传着一个美丽的传说。

相传佛祖涅槃时，世间万物都愿随佛祖登天，刹那间，佛光万丈，山崩地裂，佛祖冉冉升天，然而，万物却因法力不足而沉入地底。那些深入地底的树木，由于沾上了佛气，变成了晶莹透亮而美丽绝伦的化石，被誉为“树木中的舍利子”。

那天下午，我们坐在宛如绿伞般的树荫下，勐巴娜西珍奇园的董事长寸建强先生滔滔不绝地告诉我们有关树化石的故事，大家都听得如痴如醉。

设立于2002年的勐巴娜西珍奇园，位于云南德宏傣族景颇族自治州西南边城芒市。

勐巴娜西珍奇园的创设者寸建强，原本是经营木材生意的。有一回，他到缅甸考察业务时，无意中发现了一种造型极像树木的石头，仔细观察，石头里面还隐隐地闪出玉石的亮泽。他急切地找人磨去石皮后，赫然发现石头的内层质地润泽而色彩艳丽，见者莫不啧啧惊叹，然而，最让人难以置信的是，这石头，居然不是真的石头，而是“树的化身”！

询及树化石形成的原因，寸建强条分缕析，娓娓道来：在中生代时期，全球性的地壳发生变动，将东南亚茂密的原始森林深埋于地下，冰川泥沙覆盖了整个地面，构成了高压、低温和缺氧的环境。经过亿万年的时间，地底下的树木被二氧化硅渗透，逐渐取代了木质成分，就此形成了让人惊艳不已的树化石。

寸建强指出，树化石又依质地而分成两类，那些透明度不足而色彩暗淡者，充其量只能称为“硅化木”，只有那些色调鲜丽、晶莹剔透或呈半透明状态者，才能被称作“树化玉”。

为树化玉倾心而又醉心的寸建强，自此把产自缅甸深山这些亿万年的珍宝大量地带进中国，并大规模地加工销售，成了在中国推广树化玉文化与产品的第一人。根据木材专家研究，缅甸主要的硅化木树种包括了楠木、红木、酸枝、柚木、栗木、檀木以及椰子木等。硬度高而色泽丰富的“树化玉”，既具有玉石透明细密的特质，又保留着树木特有的木质纤维和木纹结构，因而可加工制造成各式各样用以陈列摆设的工艺品。

有趣的是，许多人购买有着“植物舍利”美誉的树化玉，目的竟是辟邪、镇宅、招财和改变风水！

实际上，就我认为，天生丽质的树化玉，根本就不需要任何后天的加工，因为它浑然天成的自然造型已具备无可抵挡的大魅力、勾魂摄魄的大诱惑了。而购买树化玉，也不需要任何的目的与借口，因为呵，树化玉的本身，就是一则美丽得令人心醉的神话了！

树木，静静静静地、深深深深地埋在地底下，经过了亿万年的风化、腐蚀、虫蛀，起着翻天覆地、匪夷所思的大变化，然后，被发现、被挖掘，纷纷出土、重见阳光之后，呈现出千百种截然不同的美姿，或雄伟一如拔地而起的崇山峻岭，或温柔一如蜿蜒流淌的妩媚河川，或豪放一如振臂高呼的阵前将军，或婀娜一如莲步轻移的深宫嫔妃。我把一截树化玉捧在手中，掌心里立刻便涌出了许许多多无声的语言，那一则一则熏染着岁月沧桑的故事啊，也霎时掉得满襟满怀；痴痴地凝神倾听时，心里也起着一阵又一阵温柔的悸动呵，树化玉！

母与女

“猜猜看，我妈几岁？”

在博克拉（Pokhara）那间独一无二的中餐馆里，邻座那位来自智利的漂亮女子兴致勃勃地问我。我在柔和的灯光下端详那妇人，除了眼角和额上些许轻淡的皱纹以外，母女俩，五官和轮廓，如出一辙，惊人地相似。从外貌上推断，最多五十。听了这话，两人齐齐爆出得意而又快活的笑声。

“61，她足足61岁啦！”

实在难以置信，这个61岁的妇人，昨晚还穿了一袭艳丽已极的蜡染衣裙，和尼泊尔土著在乐声喧闹的舞台上活活泼泼地跳舞呢！

今晚，已是我在尼泊尔的旅游胜地博克拉与她们“三见欢”了。

第一次见到她们，母女俩正风尘仆仆地背着沉重的行李，穿街走巷地寻找旅舍。妇人昂首挺胸的神气劲儿，仿佛是要向世人证明，背包旅行并不是年轻人的“专利”！当时，接触到我赞赏的目光，妇人友善地颔首微笑。

第二次相遇，是在博克拉的一家露天餐馆。土著在台上载歌载舞，她在台下击节哼唱，圆而大的眸子，闪着快乐的光泽。后来，土著邀请台下的宾客上台同乐，她毫不犹豫地跳上台去，手舞足蹈，不亦乐乎。

现在，在中餐馆三度不期而遇，我们好似多年老友般，热切地攀谈起来。

母女俩计划以长达一年的时间，遨游亚洲诸国。

“我父亲以前常常带母亲去旅行，他前年因病去世，母亲再也没出门了。我看着她一天天苍老下去，心里真是难过。去年，我决定申请几个月无薪假期，带她出国玩玩，没想到她却极力怂恿我玩足一年。我说，在外久玩，唯一的选择是背包旅行，没想到她一口便答应了。结果呢，上路之后，她居然玩得比我还疯狂起劲儿，现在，我们已经在外旅行了9个月，老实说吧，我觉得很疲累了，可是，我妈却还口口声声说时间太短了，玩不够！”

伴侣死后的悲恸，足以铸成一座无形的坟墓，把人活活地埋葬在内。然而，这个生命力逐渐枯萎的妇人，却因女儿的孝心，重新找到了滋润生命的营养！

看着妇人那神采飞扬的面孔，我再一次感受到爱的巨大力量。

水烟壶

它两尺来高，好像竹竿一样，细细长长的，顶端形状如无柄茶壶，是铜质的，下端连着一条轻软的五色管子，管口如烟斗。

把它摆在大厅上，到访的客人总会好奇地问我："这是什么呀？"我答："水烟壶。"语音甫落，眼前立刻展开了一片"黄沙万里，荒瘠苍凉"的独特景色。

这水烟壶，是我旅居沙特阿拉伯时，一位当警官的好友阿里送给我的。阿里 16 岁便辍学投入警界了，经过了 10 年漫长的努力与奋斗、吃尽了许多不为人知的苦头，经历了无数汗与泪的挣扎，他终于由一个杂务缠身的警员擢升为身负要职的警官了。

他常常以识途老马的身份带我们一家子出去玩。一日，又来，带我们到水烟巷去。

那是一条不算长也不算阔的小巷，整条巷子吐放着一种强烈而怪异的气味；许许多多头缠白巾的阿拉伯人把双脚搁在椅子上，分坐在小巷的两旁，一脸悠闲地高谈阔论，他们手里，全都握着细细长长的水烟管，慢条斯理地吸吸吐吐、吐吐吸吸。我一坐下，便有人送来了一管水烟，我不自量力，一拿上手便狠狠地抽了一大口，一股又浓又浊的气味，蓦地冲向脑门，冲劲极强，我被呛得大咳了起来，阿里在一旁笑得前俯后仰，乐不可支。

水烟，是阿拉伯人生活里的最爱，水烟的尼古丁含量极高，吸后精神亢奋。心情抑郁的阿里，常来、常吸，可惜那一团团白白的烟雾、那一股股浓浓的烟味，却始终无法为他解除心上的那一个闷结。他与妻子，鹣鲽情深，可是，妻子不能生育，母亲逼他多娶一房妻室，他陷在“孝义两难全”的夹缝里，只得日日以水烟消愁。

我离开沙特阿拉伯的前夕，阿里送了这个两尺来高的水烟壶给我，说：

“有了这个水烟壶，你就不会忘记在沙漠的这一段生活，还有，沙漠里那个瘦瘦长长好像水烟壶一样的阿里。”

这个被我收藏了许多年的水烟壶，已渐渐陈旧了；永远不旧的，是藏在水烟壶里的那份记忆。有时，对着它，不免生出遐想：如果用手擦一擦它，沙漠中的阿里，会不会像藏在神灯里的那个巨人一样，轻盈地从壶口里飘出来呢？

活的聘礼

实在难以想象，在 20 世纪 90 年代的今日，肯尼亚的许多部族，依然还是以活生生的牛只作为娶妻不可或缺的聘礼。

当地人告诉我，一般的聘礼是 5 头牛（2 头牛是最低的要求），至于大户人家呢，娶一房妻室用上几十头牛，甚至上百头牛。岳家得到牛只或牛群之后，可以在婚宴之日杀以飨客，可以转售他人以盈利，可以继续饲养，也可以转而充作自家儿子的聘礼。

以牛只当作聘礼的风俗，不但盛行于各大小部落，最让人匪夷所思的是，接受了现代文明洗礼的城市人，也依然一丝不苟地遵守着这个古老而传统的风俗。一名年方二八的政府公务员梅巴普得意扬扬地告诉我：他在 7 年前以 5 头牛为聘礼娶入了第一房妻室，现在，他在工余之暇，还当兼职导游，借以赚取更多的钱，以便购买牛只来实现他迎娶第二房妻室的美梦。

他说："我已买了 3 头牛，只要储够钱再买 2 头牛，便可以堂堂正正地把女朋友纳入家门啦！"

我惊诧地问道："你住在城市里，买来的牛，搁在哪儿养？"

“就放在我父亲的村庄里，由我父亲代为饲养。”

梅巴普每月薪金 4 000 先令（约合 100 新元），而每头牛的市价大约是 10 000 先令（约合 250 新元），因此，每一头牛都可以说是凝注了他大量的心血与汗水。他丝毫不敢掉以轻心，一有空便老远地返回乡村老家，探看他那几头活着的聘礼。他的女友也是城市人，在一家公司里当书记。我问他为什么不索性把买牛的钱直接当作聘金交付给女方亲人，他无奈地摇首说道：“这是我们多年坚守的风俗，改变不了的。”

有趣的是，古老的风俗难以更易，可是，活在现代的肯尼亚部族却接受了现代化的概念，允许亲家以分期付款的方式来交付聘礼。比如说，双方议定聘礼是 5 头牛，可以先给 2 头牛，把妻子娶过门后，待经济允许了，再补上另外 3 头牛；当然，如果届时经济宽裕，还可以多送几头。然而，万一聘礼还没付清，妻子便不幸辞世，夫家一定要想方设法把不足的牛只补上，否则，亡妻将由岳家埋葬，这样一来，死不瞑目的妻子必定入土难安，阴魂长年纠缠不散，鳏夫如想续弦，恐怕永世也没希望！

牛，是肯尼亚各大部族的最爱，因为牛不但是地位与财富的象征，而且，全身上下、内内外外，无一不可用。每天除了牛奶之外，他们还将晒干了的牛粪充作燃料或混合黏土用以建造房屋。逢及婚宴或喜庆佳节，富裕人家便宰杀牛只，食其肉、饮其血、剥其皮（做鼓、做睡垫、做蔽身衣物）。

嘿，牛在肯尼亚，真的是鞠躬尽瘁，死而“未”已。

火　腿

那条足足重达4公斤的火腿，从倍磊街这个染着历史沧桑的小村庄，被我一路上小心翼翼地提着、抱着、拖着，搭乘汽车、火车、飞机，千辛万苦而又心甘如饴地携回新加坡。

这只火腿是中国浙江省义乌市一位写散文的朋友骆有云先生送的。

他说："到倍磊街不带条火腿回去，等于是入宝山而空手归啊！"

倍磊街这个建于明朝的古老村庄，位于义乌和金华交界处，距离义乌市只有十余公里，居民寥寥四千余人。明代中叶以后，义乌集市贸易蓬勃兴起，倍磊街也迅速发展为商业集镇。今天的倍磊街，可说是现存明代集市中最完整的一个。

走在这个明清建筑依然保存得极好的倍磊街上，我的义乌朋友傅慧敏女士意兴勃勃地告诉我：

"倍磊街传统的产业就是酿酒、种蔗糖和腌火腿。"

其中做得最大的是火腿生意。据说发明火腿的，就是义乌人宗泽。在古籍《东阳县志》中，记载着制作火腿的方法："熏蹄，俗称火腿，其实烟熏，非火也。腌晒熏将如法者，果胜地常品，以所腌之盐必台盐，所熏之烟必松烟，气香烈而善入，制之及时如法，故久而弥旨。”

傅慧敏接着说了流传于倍磊街的一则趣味盎然的故事：

“九豪脚一蹬，可以造栋厅。”

据说在乾隆年间，倍磊街有个名为陈九豪的大火腿商，批发生意做得十分红火。有一天，他在楼上与人搓麻将，账房进来向他请示，有零售商要以某个价码向他购买大批火腿，这时，他刚好摸到一张不太理想的牌子，不由得大力地蹬了一下脚。楼下的售零商一听那犹如五雷罩顶的蹬足声，误以为他嫌价码太低，赶紧自动将价格提升，而他所加的价码，正好足够陈九豪建造一个厅堂！

这个不胫而走的真实故事，正好说明了当时倍磊街火腿生意的兴盛。

傅慧敏表示：为了保证火腿的质量，倍磊街火腿商选用的全是产于金华的那种肉质上好的猪只。这类猪有个特色，头部与臀部是黑色的，俗称“两头乌”，皮极薄，精肉多，有袭人的肉香。

跌跌撞撞地把偌大一条火腿带回来后，我不揣冒昧地送到超级市场去，要求善心的店员代我以切割机切成四份。自己留一份，其他三份分赠给近亲。

我用利刃将火腿切成一片一片薄薄薄薄的，装在大大的盒子里，慢慢享用。切开的火腿，红彤彤、亮闪闪的，瘦者艳丽如火，肥者透明似玉，入口时，浓郁鲜美，酥香已极，确是上乘佳品。

不论是煎鸡蛋、煮白菜、熬肉汤、炒饭，只要加入几片切碎了的火腿，味道马上得到提升，那个鲜味啊，在嘴里快速膨胀，好似在舌上绽放了一朵鲜花。有时，切细，在油里煎香，夹白而软的面包，吃得惊喜无限。

记不得究竟吃了多少次，终于，有一天，在放火腿的盒子里惆怅万分地看到了一个冷寂的句号。

最近，问其中一名曾馈赠以火腿的亲戚：

“嗳，上回送你那火腿好吃吗？”

她双眉微蹙地答道：

“不太好吃呢，太咸了，拿来煮汤，简直无法吞咽。”

我惊诧地追问：

“一锅汤，你究竟放多少片火腿？”

她说：

“我交给佣人，她整个丢进汤里去煮了。”

我难以置信地问：

“一公斤的火腿，全煮在一锅汤里？”

她点头。

我狂喊一声，差点儿昏厥在地。

炒饭大使

我不是“卖瓜的老王”，但是，我确确实实能够做出色香味俱全的炒饭，炒饭因此使我成了“烹饪大使”。

到国外旅行而下榻民居，倘若和房东没有语言的隔阂，加上彼此关系良好，我常常会露一手炒饭的绝技。

有一回，我到澳大利亚南部海岛塔斯曼尼亚旅行，入住当地的农牧场。农场一家子热情款待我，让我舒适地融进他们的生活里。他们养牛、养羊、养猪、养马，我跟在他们后头，挤牛奶、饲羊、喂猪、骑马。他们自己制作面包、果酱、熏肉、香肠、乳酪，每天早上都毫不吝惜地拿出来与我分享。

我住得惬意，吃得快活，忍不住毛遂自荐：

“你们可要尝尝新加坡炒饭?”

在他们一家子喜悦的欢呼声里，我驾了车子，到岛上的超级市场去“办货”。咸鱼、鲜虾、鲜蟹，都没有。穷则变，变则通，我买了冰冻鸡、鲜带子、冷藏大虾。其他的配料包括：火腿、青豆、鸡蛋、小葱头、红萝卜。

我一大清早便把饭煮好，使米饭在炒之前能干透硬实。

澳大利亚的珍珠米，颗粒细小，玲珑美丽，然而，煮起来时，却快熟易烂。第一锅煮成的饭，糜烂糜烂的，我以“义士断臂”的决心，把那一大锅香软洁白的上好米饭“赐”给猪吃，另煮一锅。这一回，水分和火候都捏准了，煮成的饭，富有弹性，把煮好的饭放入冰箱里，使它干透易炒。

夜幕低垂，一家大小都坐在厅里，等吃。

爆香小洋葱和火腿，炒鸡丁、虾丁、带子丁。然后，考验来了。成功的炒饭，必须能使每一粒饭在锅中跳舞。我把饭弄松了，把火加猛了，看到油在锅中冒烟，这才把饭倒下去。“滋”的一声巨响，米饭熬不住那一份“焚身”的热，争先恐后地在锅中弹跳起来，等到每一粒米饭都吸足了锅气和油气，我才用蛋沫去裹它，把它裹得金黄金黄的，犹如一锅灿然生光的金子。加入配料以后，还得用萝卜丝的红、青豆的绿、蛋丝的黄，来为它装点。

把炒饭捧出去，一屋子的人都为之惊艳。

吃了以后，农场主人在歌功颂德之余，还锲而不舍地追讨“炒饭秘诀”呢！

我的炒饭使我又一次圆满地完成了“烹饪大使”的任务。

爱的果实

九月，在大连。

秋天妩媚的太阳，为苹果园轻轻地罩上薄薄的金纱。苹果，将熟未熟，娇羞万状地在含蓄的翠绿里泌出些许大胆的艳红。树很多，一棵接一棵，一排连一排，全都直直地挺立着，好似在等待检阅的士兵。

想拍果园风光，但是，如果画面上只有累累果实而少了勤于耕耘的园丁，感觉上总嫌清冷。于是，我冒昧地请正在附近扫除落叶的清道夫放下手中的扫帚，权充园丁。他欣然同意，快步走到果树旁，站在果树下，粗鲁而笨拙地把苹果抓在手里，面向镜头，一脸生硬。我请他换个较为自然的姿势，他二话不说，“霍”地把树枝拉下来，来个“绿叶黑脸交相映”，惨绿的苹果叶，意兴阑珊地垂在他木无表情的脸庞旁边，树与人，都显得没精打采。尽管他有求必应地表现了高度合作的精神，可是，连续更换几个姿势，接连拍摄多张照片，都未能如意，总觉得镜头里的那个画面，好似缺乏了一些很重要的，但一时又说不出来的东西。

折腾了老半天，园丁来了。

向他提出了同样的要求，他点头微笑。不必解释，不必“彩排”，更不必指示，他亲昵地挨到苹果树旁，将枝丫上的一颗苹果温柔地捧在长了厚茧的掌心里，眯着双眼，仔细检视。眼梢麇集的鱼尾纹，像一把玲珑的小扇子，快乐地呈辐射状。苹果皮得意地闪着亮泽，他眸子里骄傲地闪着亮光。这名园丁，在苹果园里工作了二十多年，树上每颗健康的、硕大的、饱满的苹果，都有着他的汗水、他的心血、他的情感。

我连续地按下快门，拍下了许多精彩的照片。

照片有个美丽的标题：

“爱的果实”。

牦　牛

到云南省海拔 3 260 公尺的玉龙雪山去，我怀了一个美丽的愿望。

去看慕名已久的牦牛。

关于牦牛的故事，车载斗量。

它是国家一级保护动物，生活于高原地带，素有“高原之车”或“冰河之舟”之称，既耐寒，又耐饥，喜欢群居，常常数十头甚至几百头一起活动，蔚为壮观。

第一回在画册上看到牦牛的图片时，我惊叹于它那种刚柔并济的美。它有一对弯弯的犄角，粗、硬、尖，锐利一如刀锋，看起来凶悍而又霸气。然而，它的身体却极不协调地长出了一层既丰厚又柔软的毛，尤其是颈部、胸部和腹部的毛，长得几乎碰触到地面，尾巴上的毛，亦是蓬蓬松松的，极具飘逸之美。牛脸阳刚而牛身阴柔，两者形成了强烈的对比。

最奇的是，明明是牛，却又发出了像猪一般的叫声，所以，又被称为“猪声牛”。

牦牛最触动我心之处在于它虽是畜生，却具有仁义之心、慈爱之怀。

牦牛嗅觉灵敏，警惕性强，天敌是野狼。当它们嗅到危险的气息时，绝不会自顾自地逃命；反之，公牛会自告奋勇地把小牛崽围在群体的中央，自己自动地站到最外边，勇敢地面向野狼，抵死奋战。当牦牛被激起斗志时，平时温驯的性情便会起180度的转变，那种凌厉狂乱的吼声、雷霆万钧的撞击、奔驰如风的冲势，具有震撼天地的巨大力量。它们不畏强敌的泼懔，往往使得狡诈好斗的狼群落荒而逃。

在十二月的冬季坐缆车上玉龙雪山，冷得体内的血几乎都凝结了。一出缆车，便难以自抑地发出了惊叹：啊，天！初堕情网的那种心情乍然浮了上来，有一种魂飞魄散的感觉。下雪了，居然下雪了啊！薄薄薄薄的、细细细细的、白白白白的雪花，轻轻轻轻地飘了下来、飘了下来，好似一只一只快乐地在空中乱舞的白蝴蝶。整个世界，有一种无声的热闹。

在乱飞乱窜的雪花当中，牦牛坪上那一群安安静静的牦牛，就无声无息地闯入了眼帘。它们比图片所展示的更为美丽，比想象中的更为温驯。闲闲地站着，不畏风雪，一副与世无争的样子。

牦牛坪上，鳞次栉比地排着一列小店，全以烧烤牦牛肉为号召，烤肉诱人的香味散得满天满地。据说只有在玉龙雪山这儿才能吃到货真价实的牦牛肉，其他地方多以黄牛肉冒充牦牛肉。

唉，义勇双全的牦牛，斗得过狼却斗不过人，惨惨地成了竹枝上的一串串烤肉。

现在，看着那一群恬静安然地站在雪花当中的牦牛，素来被称为饕餮的我，却怎么样也硬不下心来把它们的肉放入口中。买了十多串烤野菇，坐在火堆旁，一边取暖一边吃。店东指着那一大口咕嘟咕嘟地吐着烟气的锅，说：“来杯牦牛奶吧？”我点头。2 元（人民币）一杯，全无腥味，和普通牛奶的味道一模一样。店东说：“你远道而来，该多喝几杯。牦牛奶很难处理呢，挤出来后，必须连续煮上十多个小时，才能去除它的腥味，而且，它会越煮越甜……”哇，这么神奇！天气酷寒，喝后身子暖和，所以，我又多喝了 3 杯。店东又问：“你要买手套吗？我自己织的。”我说好，她嘱我去店铺后面选。

就在店铺后面，我看到了好几箱“全脂甜奶粉”高高地叠着……

嘿！

猪膘肉

知道“猪膘肉”是摩梭人的名食，然而，到了泸沽湖之后，我才惊异地发现世上居然有如此奇特的腌制猪肉的方式！

在泸沽湖，我下榻于落水村湖畔的旅馆——摩梭风情园，这家旅馆的最高掌权人是 78 岁的老祖母。就在象征着最高权力的“祖母房”，我看到了令我大开眼界的“猪膘肉”。这头色泽深褐的大肥猪，五尺来长，完完整整，头尾俱在，神情木然地躺在木榻上，好像已用这个姿势睡了长长长长的一万年。以手触摸，噫，硬得不可思议，我想，就算用锤子来捶，恐怕它也分毫无损，嘿嘿嘿，像这样硬如化石的陈年老猪，又怎么能够入口呢？

在冬天那个酷寒的下午，我就坐在火塘旁边，一边烤火取暖，一边听摩梭女子七嘴八舌地谈充满了神秘色彩的猪膘肉。

猪膘肉是摩梭人家庭富裕的象征，家里储存的猪膘肉越多，就表示这个家庭的财力越雄厚。此外，猪膘肉也是摩梭人举行“成丁礼”的必备之物。在女儿国，不论男女，年满 13 岁便必须举行“象征跨入成年人门槛”的成丁礼。这个仪式举办过后，他们才算有了灵魂，也才算拥有了参加劳动、社交活动与走婚的权力，可以说这是个极其重要的仪式。在举行成丁礼时，少男少女双脚必须分别踩在猪膘肉和装有粮食的口袋上，借此作为祈求一生温饱的祝福。摩梭人在冬季里制作猪膘肉，一定会选择一个黄道吉日，这一天，村庄里杀猪的声音此起彼落，热闹非凡。

制作猪膘肉，工序极繁。

猪儿宰杀后，剖开猪肚，取出内脏，再耐心而细心地以刀子将骨头和瘦肉剔除得干干净净。接着，用盐、花椒、大蒜、生姜、酥油、蜂蜜等，将全猪涂抹均匀，然后用大铁针和麻绳把敞开的猪肚密密密密地缝合起来。最后，点燃松树枝，慢慢慢慢地把整头猪熏成炫目的金黄色，便算大功告成了。由于它状似琵琶，也有人称它作“琵琶猪”。

由于泸沽湖地处高原，气候寒冷，空气干燥，制成的猪膘肉可以保存二三十年，而且，越久味道便越香。猪膘肉搁在家里，嘴馋了或者客来了，随时随地都可以切来食用。此外，祭祀和葬礼，它也不可或缺。

猪膘肉可蒸、可炒、可焖、可煮，无所不能。

当晚，我点的是爆炒猪膘肉，上桌一瞧，不由得“哎呀”一声地惊叫起来，那一片一片薄若蝉翅而又晶亮如玉的猪膘肉，百分之百是肥的，它有恃无恐地肥得透透彻彻；它坦坦荡荡地肥得性感妩媚。尽管美得勾魂摄魄，但它是“暗藏杀机”的，吞食它，就犹如吞食高热量、高胆固醇、高脂肪，简直就是致命的诱惑呵！

摩梭人嗜食肥肉，是因为劳动量高，需要大量热能；再加上气候酷寒，需要较多的脂肪来御寒。不过呢，他们在制作猪膘肉时把瘦肉剔除得一干二净，倒也不是因为他们不爱瘦肉，真正的原因是：瘦肉一旦久存，肉色会变得脏黄邋遢，不堪入目，味道也会干涩如柴，难以入口；不像肥肉，永远晶莹剔透，润滑可口。

我举箸夹起了一块油光闪烁、亮亮滑滑的猪膘肉，柔滑醇香的猪膘肉在口里瞬间变成了一道金黄色的小溪，缓缓悠悠地在舌上齿间流动，感觉上完全不像吃肉，倒像在品尝一块没有脂肪的油膏，松化酥融，宛若一片丰腴的雪花。

终于了解，制作得宜的肥肉是不油腻的。

猪膘肉能成为摩梭人的一绝，不是浪得虚名的。

碗中的缤纷

第一回看老挝人吃牛肉米粉，目瞪口呆而又惊心动魄。

牛肉米粉是老挝一道著名的小食，烟气氤氲的米粉，极白、极滑，像纤纤细细的赵飞燕慵慵懒懒地裸躺于飘飘忽忽的云雾中，别有一种瘦骨伶仃的性感。铺陈在上面的牛肉片呢，轻、薄、软、嫩（当然，也有些摊主用又老又韧又厚又硬的水牛肉来瞒天过海）。整碗米粉，像是一幅淡雅隽永的画作。

浸在清晨那明亮而欢愉的阳光里，坐在拭擦得干干净净的矮桌边，看到这样一碗超尘出世的食物，连心情都变得纤尘不染。

同桌的，是个老挝人，年轻而黧黑的脸庞，在风吹雨打的粗糙里，透着一种泼憬的活力。米粉一端上来，他便开始“变戏法”，加入一大把薄荷叶和几根小辣椒，倒进鱼露、白醋、酱油、辣椒酱，掺入白糖、虾膏，挤入酸橘汁，撒上胡椒粉。他“心狠手辣”地干着这一切，丝毫没有怜香惜玉的温柔。原本清澈见底的汤被他任意蹂躏而又胡搅一气之后，五颜六色，百味齐集。他这才快快乐乐地拿起筷子，呼噜呼噜地吃个心满意足，泰山崩于前而色不变。

原本以为这仅仅是个不按常理出牌的特殊个案，没有想到，在老挝，人人如此。每每米粉一搁到面前，个个都专心致志地忙个天昏地暗，忙得不亦乐乎，男女老幼，莫不如是。

纵观老挝的历史，这是一个饱受战火摧残的地方，而长期的自我封闭又使满目疮痍的国家在恢复元气时，速度慢若蜗牛。尽管幅员广大而人口才四百余万，大部分老挝人迄今仍然挣扎于贫穷线上，平均月薪只有美金十余元，物资极度匮乏，娱乐场所寥若晨星，物质生活与精神生活同样患着严重的“贫血症”。于是，那一碗纯洁的米粉，便成了他们寄托梦想的“乌托邦”。感到生活苍白无色吗？不要紧，他们“翻手为云覆手为雨”地弄出一碗的缤纷多彩；感到生活淡然无味吗？没关系，他们“招募各路英雄好汉”，搞出一碗的酸甜苦辣。他们大汗淋漓地吃下去，仿佛已尝尽人生的悲欢苦乐，而在咂嘴咂舌间，所有的不快、不满、不甘、不平，全都抛到了九霄云外。

立体的惊叹号

我魂飞魄散。

为了眼前的菊。

我从来、从来不知道，菊花居然有如许多的品种、如此多的形态、如斯缤纷的色彩。每一株菊，都活出自己的个性和特色；每一朵菊花，都展现出截然不同的撩人风情。看着时，我击节叹赏，胸腔像是窜进了一条活的鳗鱼，鳗鱼窜向东、窜向西，激起了一串又一串颤动性的快乐。

我目瞪口呆。

为了眼前的菊。

我向来、向来不晓得，菊花竟然可以长得如许肥硕、如此丰盈、如斯壮阔！原以为用“大如巴掌”来形容花，已是用词的极致了，万万没有料到，菊花居然可以富态得像个小面盆！长得如此“惊世骇俗”，然而，它们完全没有“踌躇满志”的俗不可耐，更没有“不可一世”的嚣张跋扈。在肃杀的冬季里，它们静静挺立，含蓄地展现出不畏严寒的傲骨。看着时，我满心激赏，不期而然地生出了仰望松柏那种崇高的敬意。

我心跳如鼓。

为了眼前的菊。

我绝对、绝对没有想到，一根树枝，居然可以长出七千多朵菊花！绝对、绝对没有看过，造型变化如此之多而形态如此之繁复的盆景菊！菊花，已经出神入化地变成了一门鬼斧神工的艺术了。我绕来绕去，一盆一盆细细地看，无数无数的盆景菊，在我啧啧的惊叹声中，也化成了一尾尾斑斓的锦鲤，游进了我心湖里，凝成了永远的风景。

那一年，我到广东省的中山市去，非常幸运地碰上了小榄镇一年一度的盛事——“小榄菊花会”，风风火火地赶到龙山公园去，身陷花海，像喝了过量的酒，醉得醺醺然。

小榄人种菊，由来已久。相传南宋时期，有人在战役中逃到小榄避难，见此土壤肥沃，遍地黄菊，便定居下来，勤于垦殖，菊花因此在小榄镇蔚成永远的绚烂；到了明朝，小榄人争相培植菊花新品种，赏花之风兴起；及至清朝，小榄初有“赛菊”活动，延续至今，小榄定期举办“菊花会”已有两百余年的历史，菊花的品种也由寥寥的几十种发展到今日的一千六百余种。

对着姹紫嫣红而千姿百态的菊花，我目迷五色，然而，小榄的朋友却无比自豪地表示，为期半个月的“小榄菊花会”，仅仅是每年一度的例常活动而已，每个甲子举办一次的盛会，才真正地令人惊叹难忘，整个小榄镇，从宽阔的广场到窄狭的巷子，由朴实的农庄到豪华的别墅，迤迤逦逦的全是菊花、菊花、菊花，形成“家家争说黄花秀，处处篱边铺彩霞”的奇景。

菊花，在小榄镇，已经完完全全地融入了当地人民的生活，成为小榄特殊的人文景观。他们赏菊、赛菊、吟菊、写菊、画菊、食菊、饮菊，以菊会友，以菊传情。这些以菊花为主题的诗词、书画、摄影、美食、工艺、插花等立体文化，除了大幅度地丰富了小榄人的生活、美化了小榄人的精神领域之外，也大大地促进了旅游业的发展，带来了经济效益。

菊花，对于小榄人来说，还具有另一层深刻的含义，他们把菊花视为精神的象征，借助菊花那种不畏风寒、凌霜绽放的崇高气节以自我激励，进而培养出不畏艰难、自强不息的精神。

在晚宴上，我尝到了别开生面的“菊花肉”，小榄人以加了糖的肥肉裹着菊花瓣同食。嘿，以性感的肥肉和清逸的菊花相结合，小榄人在尊重传统之时，也发挥了大胆的创新精神！

小榄的菊花，是个立体的惊叹号。

童年谁赔？

那孩子，约莫7岁。个子瘦瘦小小的、肤色黧黑，有一双很大的眸子，露着像鹰一样深沉的亮光。薄薄的肩膀上，随意搭着一条小毛巾，毛巾上有点点污渍。

我和日胜一迈入餐室，他便机灵地迎了上来，熟练地拉开木凳，扯下肩上的小毛巾，掸掸凳子上的灰尘，让我们坐下；然后，端上茶杯，倒茶。之后，安静地退下。我们喝茶、吃饭；他侍立于旁，眼里满满的都是殷勤。茶杯一空，他便斟茶；饭碗朝天，他便添饭；动作麻利，全然不必我们开口吩咐。他也不是守株待兔，一旦别桌的客人起身离去，他又会化为离弦的箭，飞蹿过去，帮忙清理满桌狼藉。碗和碟，左一个、右一个，叠得老高老高的，手势很稳，好像在表演绝技，但又绝对没有表演者那一分轻浮的得意。

餐毕，我们与闲闲地坐在一旁的老板攀谈。

提及他所雇用的这个童工，原本静静地沉在他心底深处的那个故事，好似嗅到了饵香的鱼儿一样，骤然浮了出来。他叹了一口气，语调像生了锈的风扇，变得有点涩涩的：

"我每隔三个月便得到离东枝大约两天车程的一个小村庄去收购花生、椰子、米粮等土产。村里生活很苦，有对夫妇，夜以继日胼手胝足地劳作，都无法谋得基本的温饱。最近，我再到村子时，那个做母亲的，硬要把孩子送我，苦苦哀求我收下。她有六个孩子，个个都瘦得前胸贴后背。我看她穷得实在挨不下去了，只好把其中一个带回来。刚来时，他瘦得简直就像一条直线，脸色蜡黄蜡黄的，好像一具小骷髅呢！在我这里住不到一年，便脱胎换骨地变了一个人！"

这个童工，在捉襟见肘的贫困里，老早就和快乐的童年"诀别"了。在长期处于封闭状况的缅甸，这位童工所唱的悲歌，既不是绝响，也不是独响，反之，它在全国东南西北普遍地响着。

如果说，他日经济改革的曙光成功地照进了缅甸，全国人民的生活肯定会得到改善。可是，届时谁会赔一个好像黄金一样的童年给众多的童工呢？

谁会？谁能？

嗯？

精　华

这间毫不起眼的小店，坐落于缅甸南部的城市毛淡棉。

此刻，板门半开，早晨的阳光，淡淡地照在地上。

我坐在狭小局促的面店里，看那年过六旬的华籍老人以手工作业的方式揉制面条。

只见他慢条斯理地把鸡蛋一个一个地敲开，和面粉混合在一起，再加入苏打粉、盐巴，然后专心致志地揉了起来，抓、拿、捏、放，一个动作紧接着另一个，力道如波涛，层层相推，揉得十分起劲。揉呀揉的，那原本奄奄一息、蠢蠢笨笨的面团，慢慢地醒了、活了。它有了弹性、有了生命，熠熠地闪着亮亮的光泽。那人在面团里加入发酵粉，又重新揉了约莫 20 分钟，搁置一旁，让面团生出属于自己的“灵魂”后，才把面团塞进搅面机里，搅出一条一条细细长长、有韧性、有弹性的面条来。

那面，艳艳的黄色，触手凉凉的、柔柔的，千丝万缕，皆是风情。

老人每天只揉 8 斤面，现揉现卖。

每斤面团可以揉出大约25碗面条，换言之，他的面店，每天限卖200碗面。售完，关店，休息，严格采取“宁缺毋滥”的营业方式。

他语带感触地说：

“有些制作蛋面的，为了节省成本，每斤面只放寥寥几个鸡蛋，然后，掺入大量的水分；结果呢，做出来的面条，质粗、味淡，拿在手上，硬硬的，不像面条，倒像木签。”

老人每斤面都下足15个鸡蛋，全不掺水。为了确保鸡蛋新鲜，他还亲自向鸡农购买鸡蛋。

不是夸张，我这一生，实在没有尝过比这更好的面条了。它柔软而不糜烂，有嚼劲而不坚实；面条溢出来的蛋味，把整碗汤都染得香味扑鼻。

这面，其实是老人以毕生的爱铸造出来的精华。

让我难忘的，其实也不是那面的味道，而是包裹在面条里那敬业乐业的精神。

纸上树魂

那夜，停电，尼泊尔南部的一个小村庄，陷入了伸手不见五指的黑暗里。泥路两旁的店铺，大多闭门休息了，只有一家还点着一盏古旧的煤油灯，惨淡经营着。金黄色的火舌，很努力地制造出一种半昧不明的朦胧风情，满室散发着树木香味的纸张，这时都争先恐后地以无声的语言说出一个个属于自己的、沾满了沧桑味儿的古老故事。

守着店铺的，是一对祖孙。脸上浮着恬然笑意的老祖母，将一本薄薄的册子递过来给我。

册子上这样写着：

“我已经两千岁了。我生长于尼泊尔六千余尺至九千余尺的高山区，游客们都把我称为手制米纸（hand-make rice paper）。我不怕水浸、不怕蠹虫蛀，我还有止血抗菌的功能呐！”

啊，是手制纸呢！

仔细审视，那色泽米黄而纹理不一的纸，每张都有着一种令人心悸、使人心动的蠢蠢蠕动着的生命力，侧耳细听，还能听到一个个来自高山的神秘故事呢！

尼泊尔人将东北部高山区一种尼泊尔语称为“Lokta”的树砍下，将内层树皮取出，击碎，放入水中，加入苛性钠（caustic soda），煮成浓浆，倒入套在方形木框里的纱布上，放在阳光底下曝晒，半小时后，慢慢撕出来，再用夹子夹着，晒上几个小时，里里外外都干透了，便一张一张地收起，叠好，再送到首都加德满都，加工制作：或把它切割装订成大小不一的小册子，或染上色彩做成灯罩，或绘上各类花卉和动物，剪裁成信封、信纸、明信片等。

“Lokta”树具有循环再生的能力，它生长 6 年便可以砍下造纸，留下的树根，再过 6 年，又长成同样高度的树，再砍，再长，如此生生不息，循环不休。

这种以“Lokta”树皮手制的纸张，极为耐用，水浸不坏、手揉不皱、虫蛀不了，连无所不能的岁月，也无奈他何——尼泊尔一两百年前以这种手制纸张签写的文献迄今依然完好如新。鉴于此，尼泊尔人目前依然有个不成文的规定：凡是农村借据、田地契约或是法庭证件，只能以手制纸张来印制或签写。

祖孙俩守着一整间店，犹如守着整个民族珍贵已极的文化产业。煤油灯金黄色的火舌亲昵地舔着她尖尖的脸，镀了一层灿烂的金光。想到我将能以这种附着树魂、吸纳了天地之气的信纸给远在他方的挚友献上深深的祝福，我的心，霎时涌满了温柔的快乐。

纺　织

在南美洲秘鲁高山区库斯科，当我第一次看到印第安妇女坐在原始的纺织机旁慢慢地织一幅五彩的地毯时，我的心，立刻起了一种温柔的撼动。

那妇人，坐在户外明晃晃的阳光底下；周围，是辽阔的草原。那极端简陋的织布机，便悠然自得地横躺在绿油油的草地上。妇人有着一张黧黑淳朴的脸，缺乏亮泽的黑发，粗粗地打成一条麻花辫。她低着头，全神贯注地利用染了色的骆羊毛来织一条温暖的大毛毯。她的十根手指，好似藏了十个小精灵，在织布机上一来一去、一上一下，忙忙碌碌地拉线、扯线、结线头、起新线，敏捷万分。毛毯雏形初具，妇人阔阔的嘴巴，流出了恬然的笑意。这织布机，织出的，不单单是色泽鲜丽的毛毯，还织出了一家大小的粮食。早晨的阳光，落在毛线上面，细细碎碎、闪闪烁烁的，反射到妇人黑黑大大的瞳孔里，好似为妇人的眸子鬃上了一种唤作“希望”的亮光。

下午，到高山区印第安人热闹的市集去，印第安人把织好的五彩毛毯摊放在地上，出售。

我买了一条，晚上，盖着入睡，觉得特别特别的温暖，因为毛毯上还保留着纺织者十指的余温。

隔了几年，到土耳其去，又在街头巷尾看到无数无数的织布机。纺织，是土耳其人的传统手艺，女人固然会织，男人也“不让巾帼”。女人织的是轻便的毛衣、毛巾；男人织的是粗重的地毯、毛毯。许多传统的家庭，还把熟谙编织之道列为迎娶媳妇的首要条件呢！

到土耳其的地毯店去，琳琅满目的地毯，让人目眩神迷。手织地毯，价格不菲，而且，那手工，实在无懈可击。这是土耳其人引以为傲的一门手艺，他们在编织地毯时，往往把自豪感也织了进去。为了应付庞大的国防开支，土耳其人普遍生活在一片潦倒的穷困里，可是，这个乐天知命的民族，在两袖清风的贫苦里，却仍然豁达地竖起拇指自我称赞：

“我们经济落后，可是，我们的编织手艺，是世界一流的！”

最近，到保加利亚去，在宁静的山城图诺沃，又与纺织机重逢。那是一排古老的手工艺品店，有个姑娘，用梭子在织布机上织出许多玲珑可爱的披巾和毛衣。在乏人问津的情况下，她的纺织品，全都便宜得不可思议。可是，这姑娘，依然以一份美丽的固执，守着这门即将死亡的手艺。

她把她的青春岁月，一寸一寸地织了进去。

至高的赞美

十二月份在毛里求斯旅行时，正值荔枝上市。到处都是红彤彤的一片，鲜丽、艳丽、娇丽、美丽，甚至华丽。

好些年轻人，把荔枝放在竹箩里，在地上摆摊售卖。一束束连枝带叶的荔枝，浑圆浑圆的，在毛里求斯醉人的蔚蓝色天空下，向路人展示着迷人的笑靥。

我趋前问一名年轻人：

“这荔枝，一公斤，多少钱？”

他看了看我，一脸迷惑，应道：

“你是问，一粒多少钱，是吗？”

我笑了起来，一粒多少钱！有谁会买一粒荔枝呢？真是的！

清楚地告诉他，我要买一公斤。

没有想到，他却摇头说道：

“我的荔枝，是论粒出售的，每一粒卖一个卢比，十粒十个卢比。”（一卢比折合新元七分钱）。

这人，大约是看我背着照相机，把我当作是砧板上的大肥羊了！

这样想着，我生气地走开了。

到菜市去逛，再次向荔枝贩子问价，万万没想到，得到的答复还是一样的："一粒一卢比。"由于摊子较多，竞争较强，这荔枝贩子优待似的说道："你买十粒，我就算你九卢比。"再看看其他的摊子，居然全都是论粒出售的，真是不可思议啊！

入乡随俗，我说我要买五十粒。只见他把一束荔枝高高地举起来，仰着头，以食指点着荔枝，一丝不苟、认认真真地算了起来："一二三四五……"早晨有风，风很温柔，淡淡的阳光快乐地从风里滑落下来，哗哗地流泻在他脸上，而他，不受干扰，依然心无旁骛地、一五一十地算着……

我看着、看着，心里突然生出了无限的感动。

毛里求斯的摊贩在售卖荔枝时，不用秤、不用磅，不以公斤论、不以磅数称，他们用手算、用心计，卖一粒，算一粒。每一粒，都是农夫辛苦耕耘的果实；每一粒，都是大地奉献给人类的礼物；每一粒，都是大自然幻化出来的神奇结晶，而这些以虔诚的表情一粒一粒地点算荔枝的摊贩，其实是在以一种无言而美丽的方式，给予农夫、大地和大自然以至高无上的赞美。与此同时，他们也在提醒我们：要珍惜每一粒被小心翼翼地递送到我们手上来的荔枝，粒粒皆辛苦、皆辛苦呵！

花香尽在茶杯中

在捷克首都布拉格，我通过旅游促进局的安排，住进了当地一名百姓的家里。

那一天，阳光罕见的猛。我赶紧把行囊中的脏衣服取出来洗干净，拿到阳台去晒。可是，一迈进阳台，便觉得十分纳闷。那儿，系了五六条细而长的线，线上挂了一串串黄褐色的花，细细小小的花儿，一簇一簇地蕴藏在球形花托里。

我想起了干花书签。

问女房东，她“扑哧”一声笑了起来，摇头应道：

“不是的，不是晒来制作书签的。这是菩提树上摘下来的花，晒干以后，用来泡茶，清香绝顶。”

哇，菩提花茶！我双眼晶晶发亮。

“我沏一壶给您试试吧！”友善的女房东说道。

茶来了，金黄色的，明艳亮丽，袅袅地冒着诱人的轻烟。

啜一口，细细品味，不涩不苦，微甘微甜；香味绕舌，似淡实浓。“每年六月，菩提树开花时，我们一家子，都会开车到人迹稀少的山区去采摘菩提花。”

“市区里不种菩提树吗?”我傻乎乎地问。

“市区里的菩提树，花儿都被飞扬的尘土污染了，沏起茶来，味道大打折扣。”女房东耐心地解释道：“菩提树开花的季节有限，短则两周，长则三周。因此，每年到了六月，我便密切地注意菩提树的动向。菩提树一打花，我们便举家到深山去，看花、摘花，消磨一整天。久而久之，这已经变成了我们一家子引颈企盼的一项常年活动了!”

嗳，菩提花茶在这个家庭里有个美丽的别名，它叫作“天伦茶”。

把菩提花采回来后，用细细的线在花托处把花串起来，在阳光之下曝晒数日，使之干透以后，用密封的罐子装好，便可以随取随泡了，十分方便。

“对于我们捷克人来说，菩提花茶不但是解渴的饮料，而且，它也是药茶，喝了对健康大有裨益，所以，它是捷克每家每户必备的饮料。”

问她“药”性何在，她说了一连串捷克语，我听不懂。后来，我查了字典，才晓得菩提树的花果有镇静、镇痉、发汗、解热的功效。

在布拉格外出逛游时，我注意到布拉格的确是处处种植菩提树的。细小纤巧的花，打了一树，幽幽的花香，若有若无地在空气里飘荡着。

处处都是菩提树又日日啜饮菩提花茶，不知道捷克人是不是因此都拥有了“菩提心”呢?

藏 獒

藏獒，一直是我心中类似“镜中花，水中月”的憧憬，多如繁星的神奇故事，已将它塑造成人世间的一则传奇。

那天，在云南北部大城香格里拉（旧称“中甸”）漫步，在一户人家的庭院里，我出其不意地与它邂逅了。才瞥一眼，不经明说，我便心跳如鼓地知道，它正是我心仪多年而缘悭一面的藏獒！

深黑发亮的毛发茂密如狮，粗犷剽悍的体型呈现一种处变不惊的王者气派。慑人的是它的眼神，冰冷而严峻、傲慢而轻蔑、机灵而又蕴含着随时飞扑过来的腾腾杀气。

它安静地卧着，冷静地与我对视。

纵有老天作胆，我亦不敢越雷池半步。

藏獒产于中国青藏高原海拔 3 000 至 5 000 公尺的高寒地带，具有“体大如驴、奔驰如虎、吼声如狮、凶猛如狼”的四大特征，在西藏被牧民视为神犬。

根据传说，很久以前，山洪暴发，冰雪覆地，瘟疫肆虐，正当藏族人民苦苦地挣扎于生死线上时，忽见活佛从天而降，他身披袈裟，手摇禅铃，稳稳地坐在藏獒上。活佛和藏獒的到来，使冰融雪化，大地复苏，瘟疫去除，灾难化解。藏民因此而认为藏獒是上天派来的使者，对它崇敬有加。

实际上，藏獒可说是牧民的保护神，它和游牧民族的生活息息相关。辽阔的西藏地带野生动物处处繁衍，牧民在“万里人踪灭”的荒原上、在酷寒绝顶的雪山上，一旦遇到狼、豹、狐狸等野兽的侵袭，便得靠着性子凶悍而体能强悍的藏獒抵死奋战以逃过死劫了。藏獒精于护卫和追捕，是世界上唯一不怕野兽的犬种，故有“九犬成一獒”和“一獒抵三狼”之说。

素有“天狗”之誉的藏獒，以“三美”著称于世，“三美”指的是：凛凛之神韵、石铸之躯体、威镇群兽之雄风。然而，藏獒最为人所津津乐道的，是它至死不渝的忠诚。

在香格里拉，豢养藏獒的那户杜姓主人意兴勃勃地对我说道：

“藏獒一生只认一个主人。我买它回来时，它才一个月大，养了一年多，它只认我，对屋子里其他的人，它都不瞅不睬。你可别看它形体庞大而又凶神恶煞的样子，可一看到我，便温驯如羊。我出差时，交由我妻子喂饲，她知道它喜欢吃奶渣酥油和牛肉，天天投其所好，变新花样，可它却不买她的账，终日没精打采，冷着面孔，食欲奇差。等我出差回来，一迈进家门，它便好像看到亲爹，又扑又舔，死缠不放。”

哇，这藏獒，不但“威武不能屈”，而且，“富贵不能淫”呐！

有人说藏獒的狠劲可与豺狼相比，杜先生一听这话，便猛摇双手说道：

“藏獒虽然和狼一样既猛又狠，但是，两者情操却有云泥之别。藏獒往往是为了保护主人与捍卫财产而豁出性命，鞠躬尽瘁，死而后已；狼呢，纯粹只是为了一己之食而搏杀。换言之，藏獒是为了道义而流血，豺狼却是为了苟活而拼死！”

忠心耿耿的藏獒，以生命谱出一阙以“义”为主题的曲子。

这样的曲子，在人间已渐成绝响。

蛇　血

在曼谷的蛇园，第一次看到猫鼬扑杀眼镜蛇的狠劲，我毛骨悚然。

猫鼬，又称为“mongoose”，据悉它是所有毒蛇的克星。它动作快如闪电，出招又准又狠。毒蛇碰上它，毒液和缠功，全都派不上用场。

这一回有幸目睹它们相斗的情景，我才发现猫鼬比我所想象的还要“出神入化”呢！

眼镜蛇和猫鼬被分别关在密密相连而中隔铁板的铁丝笼内。

猫鼬貌似松鼠，腿短、尾长、鼻子尖、耳朵小、五爪锐利。全身毛发蓬松，毛色灰褐，中夹浅色斑点。圆圆的眸子，非常有神，时时刻刻都处在警戒的状态中。

眼镜蛇呢，不知大难临头，一副懒洋洋的样子，意兴阑珊地躺着。

曼谷蛇园的负责人把铁笼中央的铁板抽掉了。

眼镜蛇和猫鼬在伸手可及的距离内，静静对峙。这时，猫鼬身上丰厚的毛发，全都竖立起来了。

人人屏息以待。

突然，猫鼬以“迅雷不及掩耳”的速度冲上前去。眼镜蛇也以满口利牙朝猫鼬猛猛地咬下去，可惜，它只咬到猫鼬直直地竖起的那一层厚毛，白白地浪费了那一口致命的毒液。

猫鼬险胜一招。

接着，猫鼬多次欺近毒蛇，而每当毒蛇倾尽全力侵袭它时，它便万分灵活地跳跃逃遁。就在眼镜蛇疲态初露时，猫鼬一跃而上，狠狠地把蛇头一口咬碎了。可怜那条平日作恶多端的眼镜蛇，连闷哼一声的机会也没有，便魂归天国了。

啊，太精彩了！猫鼬虽然不曾熟读《孙子兵法》，可是，它所使用的策略，招招都好像出自那部脍炙人口的兵书！

这时，蛇园负责人伸手入笼，快速地把死蛇拖出来，用刀由上而下地剖开蛇身，把蛇血倒入圆口阔肚的瓶子内，再取出蛇胆，割破，将那浓黑的胆汁挤入蛇血内。

把瓶子里的蛇血分别倒入小小的杯子里，每个杯子大约可以容纳100克。

“有谁要喝吗？一杯100铢（约合8新元）。”

我要了一杯。不知道是不是掺和了胆汁的原因，那血的颜色，红得很深沉、很暗晦，看起来有几分悲哀的味儿。

是闭着眼睛强逼自己硬灌下去的。奇怪的是，蛇血流过味蕾时，一点儿也没有预期中那种腥得汗毛直竖的感觉，反之，它居然带有中国药酒的甘味！

喝下了蛇血以后，全身暖呼呼的，十分受用。

这时，负责人把另一杯蛇血递到我面前来，说：

“再来一杯吧？”

我忙不迭地摇头拒绝了。他永远也不会知道，刚才我到底是鼓起了多大的勇气，才喝下那一杯触目惊心的蛇血的！

跳舞的草垛

是在前往庐山的道路上看到这个令我心动的景致的。

初冬时分，晚稻已熟、已割。田地，是一望无际的辽阔。以为它清冷寂寥，而它竟不。车子飞驰而过时，我看着田地里那一种热闹的景象，听着田野里那一片无声的喧哗，心里有甜甜的醉意。

田地里，哗啦哗啦地闹着的，是草垛。

一捆捆、一束束，无数、无数的草垛，自豪地挺立着。

有些草垛，围成圆圈，远远看去，好似一个个吃得饱饱的俏娘子，旋转着金灿灿、亮澄澄的大圆裙，在农闲时分相约于田野，听着天籁，活泼地跳着庆祝丰收的庄稼舞。

有些草垛，聚集一处，胖胖的身子，紧紧靠拢，好似情同姐妹的农妇在交头接耳地闲话家常；有些草垛，闲闲地站着，懒懒地卧着，看蓝天白云，听轻风絮语。

一幅田地，一幅风光。

是草垛丰富了秋收后的大地，赋它以生命，赋它以姿色，赋它以声音，赋它以气氛。

草垛之所以美丽、草垛之所以自信，是因为它有用。

它是饲料，也是燃料；它能化身为肥皂，亦能摇身变为纸张；它可以做草席，也可以结绳子。

当稻子飘香而世人都为金黄夺目的稻子谱出颂曲时，默默无语的稻秆，无私而又无怨地支撑着饱满结实的稻穗，诚心诚意地让稻子活在世人永不间断的掌声里。

农忙过后，脱粒的稻秆，一根一根，光秃秃的、干巴巴的，毫不起眼。世人把它们捆成了一束束胖圆胖圆的草垛，随意地放置在田野间。没有人歌颂它们，甚至没有人理睬它们；可是，可是呀，它们自得其乐。它们舞、它们说。舞出人间的不平，说尽人间的沧桑。

在无人注意的冷寂里，草垛并没有悲伤地放弃自己，更没有自怜地糟蹋自己。

草垛知道：天生我材必有用。

那像月亮的烙饼

在巴基斯坦南部大城卡拉奇，我住在闹市里的一间小旅舍。

每天早上，总有奇香袭梦。那香，是那么的浓、那么的强、那么的近、那么的活，硬生生地将缠在身上那份虚无缥缈的朦胧睡意驱赶殆尽。

翻身坐起，趴在窗口，看。

啊，那人，又在烙面饼了。

古老得好似天方夜谭的石砌炉灶，烧得通红通红的，他以灵活的手势飞快地将圆形的面团压得扁扁扁扁的，再以长柄木勺把它送进炉灶里，烤它一个天翻地覆。朴素无华而又缠绵悱恻的香味，就这样一点一点地从炉灶里溢出来、溢出来了。烙好的饼，圆圆、大大，金光灿烂，好似天上的一轮满月抵不住人间的诱惑而好奇好玩地飞落到地上，有掩抑不住的笑意。然而，比那大饼更快乐的，是那些吃饼的人。他们站在苍蝇飞绕的小巷里、蹲在污水横流的沟渠旁、坐在沙飞尘扬的马路边，吃那刚刚出炉的烙饼。将饼撕成小块，蘸着辣辣的酱，细眯着双眼，好似品尝稀世珍品般，咂嘴咂舌地吃，心无旁骛地吃，吃得大汗淋漓、吃得眉开眼笑。夏天的阳光，在无云的天空里，像是骤来的洪水，哗哗流泻，饱得心满意足的人啊，就在这处处撒满碎钻似的阳光里，揩嘴、抹汗，快步走出小巷，快快乐乐地干活去了。

生活的旋律，单纯而又和谐。每天侧耳倾听这阙生活之曲，心里的那根弦，总被温柔地牵动着。

渐渐地，和当地人接触多了，也认识了一些饱学之士。

有一个晚上，我在一家装潢华丽的餐馆，巧遇一位不久之前邂逅于长途公共汽车站的大学教授费迪南，大家欢欢喜喜地共坐一桌，共用晚餐。圆圆大大的烙饼，娇娇贵贵地裹在一方花里胡哨的餐巾里，有着一种高不可攀的漠然，还有一种凛然不可亲近的傲气。餐桌上，点着一盏红艳艳的莲花灯，远看像是一只浮在半空中布满红丝的眼珠，给人的感觉是阴森多于浪漫、诡谲胜于美丽。香料特浓的肉汤端上来时，我们和费迪南正谈及印度和巴基斯坦北部那悬而未决的克什米尔主权问题。费迪南站在巴基斯坦的立场上，发表了许多偏激的言论，而当他数落敌方的种种不是时，那双被仇恨之火熊熊燃烧着的眼睛，也幽幽地闪着一种令人毛骨悚然的、好似鬼火一样的绿色光芒，冷的、硬的、阴的；当我的目光和他相碰时，忍不住打了一个寒噤。我赶快低头喝汤，顺手解开餐巾，取出烙饼。那饼，圆圆、大大，黄黄、褐褐，像是不小心掉落到龌龊河水里而被溺毙的月亮，平平地摊着，冷的、硬的、阴的。噫，是月亮的尸体呢！

醉茶记

那长柄锅子，好似已用了上百年，黑得像死亡。原始的土灶，宛如千岁老人的脸，处处龟裂。极旺极红的火，从邋里邋遢的灶口兴高采烈地窜了出来，在沙尘飞扬的空气里展开成一片绚烂的金黄。煮茶的汉子，以惯性的动作将长柄锅子压在狂乱飞舞的火舌上。亢奋无比的火，热热烈烈地从锅子四周的缝隙拼命地挤出来，将无辜的锅子烧得痛苦不堪，滋滋直叫。

接着，煮茶汉在锅里注入热水，抓了一大把茶叶，摊在掌心，眯着双眼，审视。确定茶叶里没有掺入其他杂质之后，才慎重地把茶叶撒进热水里，猛猛地煮，煮它一个天翻地覆、煮它一个淋漓尽致。大团大团的烟气迫不及待地扑了出来，煮茶汉把勺子伸进锅子里，搅，搅搅搅、搅搅搅，搅得它精华尽出、搅得它异彩流溢。经过这一番“心狠手辣”的翻搅后，茶叶里蚀人心魂的香味，慢慢慢慢地释放出来了。

起初，茶香一缕一缕，细细薄薄的、朦朦胧胧的，像高山的雾气、似海上的晨曦，浪浪荡荡地流泻一地、潇潇洒洒地弥漫一街。这时呵，昔日那隽永如茶而短若朝阳的恋情、那芬芳若茶而永不褪色的友情、那晶亮如茶而永远贴心的亲情，就在这撩人遐思的茶香里，一则一则、一桩一桩、一份一份，鲜亮而又鲜活地在沉睡的记忆中苏醒。也许快乐，也许惆怅；也许悲伤，也许遗憾。然而，你在敏锐地感受着的同时，你亦清楚地知道，你在活着，具具体体、实实在在地活着。

茶不醉人人自醉，正当你痴痴迷迷地沉湎于尘世百思时，茶的香味，愈发浓郁了；愈煮愈浓，愈浓愈香；原先那若有若无的"雾气"，明目张胆地化作大朵大朵流浪的云；那曙光初露的"晨曦"，坦坦荡荡地变成金光四射的旭阳；那股浓香啊，丰满到了极致，怔怔忡忡地闻着时，有"温香软玉抱满怀"的虚幻感。煮茶汉见时机成熟，便在"嘟嘟嘟嘟"地沸腾着的茶里加入糖、奶，锅里袅袅升起的烟气，全被染成了黄金般的颜色。

"大功告成"的茶，被煮茶汉一勺一勺地舀进了杯子里。杯子，被岁月咬伤了，大大地缺了一角；杯沿和杯壁，厚厚地染着一层污黄的茶渍。然而，饮茶的人，视而不见。茶店周遭，污水横流，蚂蚁乱乱爬，苍蝇密密飞。可是，饮茶的人，浑然不觉。他们喝的是液状的夕阳，一种会让他们双眼发光、生命发亮的液体。

在巴基斯坦，煮奶茶、喝奶茶，是艺术、是国粹、是生活、是享受。浓到极致的奶茶，在这禁酒的国度里，超级便宜，一杯才三卢比(约合新元一毛钱)，人人喝得起。所以，闲来无事时，他们喝；忙得分身乏术时，照喝不误。回家后，泡茶喝；外出时，买茶喝。随时随地，要喝便喝。茶摊处处有，茶香处处在。只要一茶在手，他们的话题，便源源不绝。国事、家事、情事，都在谈说的范畴内。当山岚般的茶香凝在舌尖上时，由他们嘴里流出来的话，便有了更多的宽容、更多的温情……

香河畔的微笑

夕阳已沉而树梢无月，顺化这座历史古城，此刻，正浸在一种半昧不明的尴尬情景中，远处近处幢幢破落颓败的建筑，化成了暧昧的黑影，像印在大地上一个个模糊不清的、来历不明的巨型指印；朦朦胧胧的香河，缓缓缓缓地流经全城，无声、苍凉。

我坐着的那一辆人力车，由交通繁忙的大街，转入了冷僻寂静的小巷。巷子里的店铺，好似已有上百年的历史了。木窗木门、小小窄窄、污污黑黑，煤油灯疲惫无力的亮光，鬼鬼祟祟地从门窗里泄漏出来，闪闪烁烁的，有几分阴森诡谲的味儿。

来到了巷子的尽头，人力车夫颔首示意：

"就是这里。"

举目望去，是一间简陋已极的小店，店里左右两边靠墙处，各摆了四张矮矮的桌子，每张桌子配两张矮凳。

旅游册子，是这么介绍的：

"在这家小店里，您可以尝到具有百年历史的越南传统小食。"

店里，只有一名中年妇女跑进跑出地忙个不休。我们才坐下，她便快速地把一个圆形浅底竹筐儿搁在我们脚旁，然后，走入厨房。少顷，捧出四个碟子，碟子上放着四种点心，每种十件，每件都以香蕉叶子包裹着。

虾米糯米团、银鱼细粉团、碎肉鸡蛋卷、碎虾蒸粉团。

点心是以家传秘方配制的，越南的其他任何地方绝对吃不着。

拆开香蕉叶，一缕烟气窜了出来，极香。点心很秀气、很细致，吃了一件又一件，不一会儿，便盘底朝天了。吃毕，把香蕉叶丢入脚下的竹筐儿里，店里的小猫小狗闲闲地踱了过来，贪婪地舔食叶子上的食物残渣。中年妇女看到，软声软气地呼喝它们，猫猫狗狗听到了，抬起头来随意看了看，又低头舔食如故；倒是桌上的煤油灯，不明所以地受了惊吓，瘦瘦的火舌，簌簌地战栗着、抖动着。

食毕，我双手黏糊糊的，起身，到厨房舀水清洗。

厨房里，有一个很大很大的灶，柴火正旺。熊熊的火势，稳稳地托住一个多层的大型蒸笼。土灶旁，坐着一老一少。老的在调制面糊而少的在清洗香蕉叶。窗口正对香河，嫩月已升，圆而大，为原本墨黑的香河镀上了晶亮的光。祖孙二人，一刻也不停地忙着，被火光染了红晕的脸，淌满了汗珠。坚守祖业的美好感觉，使这两张脸，不自觉地荡着丝丝恬然的笑意……

马蹄铁

我家里有许多东西，在别人眼中，是一文不值的，可是，在我心目中，它们却是稀世珍宝。因为这些东西是被友谊浓浓的蜜汁浸过的，它们是我的异乡朋友送给我的礼物。每一件小礼物，都蕴藏着一段温馨美丽的小故事。

比如说，有块U字形的马蹄铁，便是我的宝贝之一。

这是一块马蹄铁，是澳大利亚塔斯曼尼的一座农场的主人送给我的。

我在霜雪初降的冬季到那儿去住了好几天。

农场的女主人原本是繁华尘世里的一名女教师，因为厌倦了大都市里喧嚣紧张的生活，便放弃教职，由悉尼移居南部海岛，买下了一大片地皮，养牛、养羊、养马，种菜、种花、种果树，过着朴实的畜牧与农耕生活。

永远也忘不了她告诉我的那一则动人的小故事。

她在农场里为当地的残缺人士开办了一个骑马训练班。

“既然残缺了，怎么还能骑马呢?”我诧异地问道。

“训练他们骑呀!”她飞快地答道。

自卑与自怜，是残缺人士与常人打交道的两大障碍，灵性高的动物，往往能够为他们解除心灵深处的寂寞。然而，不幸的是，他们肢体的残缺偏偏又妨碍了他们接近、亲近动物，因此，他们的心，常常处在干涸枯萎的状态中。

农场女主人兴致勃勃地告诉我：“我训练断手的人以单臂骑马；缺臂的人呢，就以双足控制马缰。”

经过长时期耐心的训练，这些手足残缺的人，都能够在广阔无垠的草地上享受驰骋于草原的乐趣。最最重要的是，他们从中找到了自信心，又从自信心中寻回了人生的乐趣。

“有一个男孩子，天生缺臂，性情孤僻、脾气暴躁，他母亲说他浑身都是针，任何人一走近他，便会被他刺得疼痛不已。然而，自从参加了骑马训练班以后，他身上的针，便一根一根地掉落了。他给他心爱的马取了个名字——吾臂（My Arm）。你瞧，从这个名字，你便晓得，他从马那儿得到了他最想得到的东西，这个东西的另外一个名称是：快乐。去年夏天，他在残缺人士骑马比赛中夺得了第一名。啊，我一辈子也忘记不了他脸上那一种明亮得叫水晶球也黯然失色的笑容!”

时值冬天，我无缘一睹残缺人士骑马作乐的盛况，但是，农场女主人生动的叙述，在我脑海里留下了一幅幅栩栩如生的图画!

在农场度过了快活难忘的几天后，我与她道别。

她将一块沉甸甸的U字形马蹄铁放在我掌心上，说：“亲爱的，我家里没有什么值钱的东西给你。现在，送你一块马蹄铁。我们相信，马蹄铁是运气的象征。”说着，在我颊上吻了一下，又说：“我希望你永远幸运，也永远快乐!”

这块马蹄铁，我视如瑰宝。

马蹄铁上，盈盈地立着一个充满了爱的影子。

骆　羊

我是在库斯科（Cuzco）看到骆羊这种奇特的动物的。

库斯科是秘鲁印第安人聚居最密的高山区，整个城市建在海拔3 400公尺的高地上，素有“高空城市”的美誉。

库斯科目前人口约有二十万，人民多以畜牧为生，他们所畜养的，便是骆羊（Llama）。

就在印第安人的市集上，我看到了无数的骆羊。

那是一幅令我永生难忘的图景。广袤无边的高原，绿草如茵。长相温顺的骆羊，千姿百态地出现在草原上，或坐或躺，或行或立。

骆羊，颈很长，腿亦长。蹄硬且锐，据说被激怒时，会乱蹄踢人。很喜欢它那一身丰厚柔软的毛，有色纯不杂者，也有色杂不纯者。基本上，骆羊身上的颜色还是极为保守的，三大主色是：白色、黑色、棕色。有人把骆羊称为“无峰驼”，可是，我个人觉得，骆羊比骆驼漂亮得多了。骆驼常常给我一种老态龙钟的感觉，骆羊可不，它秀气、灵巧，走起路来，婀娜多姿；伫立不动时，楚楚可人。

骆羊是印第安人极大的财富，它全身上下，都被充分地利用了。

骆羊初长，印第安人利用它来驮运货物；骆羊毛发渐丰渐厚，印第安人便把毛剪下来，织毛衣、织地毯；骆羊饱食后拉粪，印第安人将之收集起来当燃料；骆羊老了，印第安人便宰而食之。

这天早上，牵到草原上来的骆羊，都是待价而沽的商品。穿着鲜丽上衣与单色圆裙的印第安女人，恋恋不舍地抚着由她一手喂饲长大的骆羊，心情复杂地等待买主。卖得出去，她也许高兴；卖不出去，她绝不悲伤。骆羊已经和她建立了母子般亲密的情感了，有些印第安人，是含泪目送骆羊被买主牵走的。

我一整个早上站在那儿看买卖的进行，结果呢，看到了几幕有趣又感人的活剧。

有一只黑白相间的骆羊，被陌生的买主牵走时，口流白沫，呕吐不已。愈牵，愈吐。卖主原本是站在一边静静地看的，后来，也许是不忍再看了，便背转过身子，迟缓地朝草原的另一个方向走去。我看着她弯弯的背影，忍不住问载我们来草原的那位司机：

“她的骆羊怎么啦？生病了吗？”

“不是的。它口吐白沫，是极端害怕的征象。”

啊，它到底是对未知的将来产生恐惧感，还是独独害怕它的新主人？或者，它是难以割舍和旧主人长期共处的那一份情感？

呵，骆羊亦是世间的有情物呀！

到了晌午，买卖活动慢慢地沉寂下来，草原上的“悲欢离合”也暂时告一个小段落了。

找不到买主的印第安人，便牵起自家的骆羊，回家去了。

妙的是，有只骆羊，死赖不走。

司机告诉我：

“它疲倦啦！骆羊固执如牛，它一使起性子来，谁也拗它不动。”

果然，它的主人，死拖活拉，它不走便不走，大有一副“你奈何我不得”的气概。

真是任性得可爱呐！

当天晚上，我到库斯科中心的阿马斯广场逛，处处处处，都看到骆羊——不是活生生的骆羊，而是以另一种方式体现生命力的骆羊。

骆羊毛毯、骆羊挂毯、骆羊夹克、骆羊毛衣……

买了骆羊毛毯。

好像百衲被一样，这毛毯，是由无数无数小片小片的骆羊皮缝缀而成的。拿在手上，轻巧而柔软，朴实而温暖。

带回家去，好像牵了无数只骆羊进家门！

骆驼集市

那天，巴基斯坦的天空像是一匹刚被漂染成白色的布，干净、空旷、高远，将人的心情映照得异常亮丽。

我们兴致勃勃地雇了一辆计程车，告诉司机要到卡拉嗤骆驼集市去，无奈他听不懂英语，我比手画脚、绘声绘影，他都一脸茫然；屡试屡败后，忽然福至心灵，在笔记本子上画了一只自以为看起来“栩栩如生、呼之欲出”的骆驼，向他展示。

他一看，猛猛点头，踏足油门，飞驰而去。

日胜微笑地称赞我：“你的图画，可真不赖呀！”

我得意地应道：“嘿嘿，你总算又见识了我的一项特长。”

车子跑了好长好长一段路，来到了一条人流涌动的大街上，计程车司机毫不含糊地把车子停在一家店铺前，比了个手势，向我们示意目的地已抵达。

我狐疑地探头一看，天呀，居然是一间卖鸟的店铺！哎哟，我画的明明是骆驼，却被他误解成鸟儿！他的错误，着实是对我绘画技能的最大侮辱，然而，此刻，对着满店啁啁啾啾的鸟儿，我不怒反乐，捂着肚子，狂笑不已。

日胜用悲哀的眼神瞅了我一下，叹了一口气，说："还是让我来画吧!"他拿起笔，一丝不苟、一笔一画地把骆驼带到纸上。

计程车司机接过一看，便露出了恍然大悟的表情，猛猛点头，踏足油门，飞驰而去。

日胜一脸得意地说："嘿嘿，我从来不曾绘画，没有想到竟然有此成就!"

我拍马屁："你可真是真人不露相啊!"

车子弯来拐去地走了一大段路后，停了下来。探头一看，行人摩肩接踵，摊贩多如天上星斗。咦，这儿明明是菜市嘛，骆驼？连影子都没有!

司机兴高采烈地指着那一个卖鸡的摊子。

这一回，我笑得连眼泪也掉出来了。

司机再次犯的错误，总算扯平了我和日胜的绘画水平。

这件事，给我上了人生中很宝贵的一课。

每个人心中都有一幅既成的画，而这幅画，无形中便成了我们处理事情的"指南针"。我们一心希望、指望、期望对方能"按图索骥"，清清楚楚、圆圆满满地把目标完成，没有想到，对方看到的，却是截然不同的一幅画！了解了这一点，我们在处理事情时，便应该有更宽大的胸襟来容纳对方的错误。此外，我们也应该把对方的反应当作是一面明亮的镜子，从中照出自己的不足、不全、不佳，从而改进、改善、改良。

第二辑 五彩生活

向日葵

到伦敦度假，住在女儿的公寓里。

那天，约好在她下班后共进晚餐，做事有条不紊的女儿体恤地说道：

“餐馆坐落于九曲十八弯的窄巷里，不太好找，你们就在餐馆附近的小公园等我吧！”

早上出门时，天气温凉，我穿了一袭宽松的棉质衣裙，没带外套。天色愈暗，气温愈低，到了傍晚，气温居然降至6度。

我和日胜提早十分钟来到游人寂寥的小公园，那种砭骨的寒风夺命似的想把人的脸皮整层刮掉，我冷得几乎连血液也凝结了。到了七点整，一向准时的女儿不见踪影，我们的手机偏又留在公寓里忘了带，无法与女儿取得联系。

晶莹剔透的寒气肆无忌惮，我冻成了冰湖底下一尾郁悒的鱼。看着时间嘀嘀嗒嗒地流走，怒气像蚂蟥一样往我心里钻。到了七点半，我的脸，已幽幽地长出了一层青苔。

“天气这么冷，她竟不为我们着想！”我口出怨言：“简直就是个工作狂呀!”

“唉,”日胜叹气,“伦敦的工作压力真是太大了!”

七点四十分,女儿才气喘吁吁地赶到,连声道歉:

“爸爸、妈妈,对不起,对不起!工作堆积如山,做不完呀!”

我和日胜对看一眼,果然不出所料耶!

冻得犹如一片在树梢上瑟缩颤抖的枯叶,我的声音,比雪更冷:

“工作做不完,不是还有明天吗?你过去守时的好习惯,去了哪里?”

说着,径自往前走,不再看她一眼。

到了餐馆,女儿轻车熟路地安排着各种美食。刺身、煎和牛、鳗鱼饭、酱渍豆腐、软蟹手卷、天妇罗……

可口的美食一道接一道地上,然而,我觉得心叶冒出了很多冻疮,灼灼地痛,半点胃口也没有。

女儿欢欢喜喜地说着办公室里的一些趣事,我没有搭腔,一筷一筷闷闷地吃,一心只想快点回家盖上厚厚的被子蒙头大睡。

第二天,日上三竿才醒来。薄薄扁扁的阳光从窗隙硬生生地挤了进来,看看钟,哟,九点多了!奇怪的是,厅里竟传来了女儿和她爸爸说话的声音。

我翻身起床,走出厅外,还没开口,女儿便说了:“妈妈,我今天请假。”我讶异地问:“咦,你的工作不是堆积如山吗?”她笑嘻嘻地说:“工作做不完,不是还有明天吗?”

桌上,放了一大束精神抖擞的向日葵,黄艳艳、活鲜鲜的,释放出大蓬大蓬源源不绝的热情。向日葵旁边,有个奶油蛋糕,还有一张卡片。

卡片里,装着女儿圆润的字体:

“亲爱的妈妈：记得吗，那一年，您到土耳其旅行，看到漫天漫地的向日葵，回来向我展示照片，满脸陶醉地说：那种美啊，简直惊心动魄呢！您每回看到玫瑰花、荷花和桂花，都露出馋馋的目光，想吃它们，唯独向日葵，您打从心坎里爱着它、宠着它。妈妈，我和哥哥们，其实都是您的向日葵，而您，就是我们的阳光。”

读毕，抬起头来时，女儿絮絮地说道：

“妈妈，昨天下班后，我赶去办公室附近那家花店，不巧它因事休业，匆匆坐计程车赶去另一家，又碰上塞车，我真的急坏了呀！终于买到了您最喜欢的向日葵后，还得赶回家把它藏好。这样一来一往的，才会迟到的呀！”说着，又笑眯眯地自问自答：“您猜我把花偷藏在哪儿？贮藏室！可是，我又担心它难以透气，半夜还起来浇水呢！”

这一天，是我的生日。

可是，在这一刻，我的眼眶里，却满满的都是泪。

母亲的布鞋

年轻的朋友阿斐是一名出色的律师，她在工作上的拼搏劲儿，无人能及。看她现在争分夺秒、全力以赴、超级勤奋，看她今日出类拔萃、备受赞赏的表现，没有人知道，曾经，她是一个让老师灰心、使父母痛心的孩子。

一个迷失的孩子。

父母在熟食中心经营一个小摊位，早出晚归。身为独生女的她，是父母心中一抹璀璨的亮光。

父母经济并不宽裕，可是，在生活里，她要啥有啥，穿得好、吃得好、过得好。

阿斐有着一双明亮的眸子，遗憾的是，她患上了“有眼无珠”的“失明症”——她看不到父亲的手被菜刀左割右切而留下的深浅疤痕，她也看不到母亲的手被洗碗水长期腐蚀而留下的斑驳瘀痕。

她的眼睛，定格在五光十色的网络上。

她通宵达旦地上网，玩玩玩、玩玩玩；玩出了一身的疲惫，也玩出了一颗涣散的心。

她迟到、旷课、怠于学习、不交作业。

老师疾言厉色地骂她，父母温言软语地劝她。

老师硬如石头的语言投落在她心湖上，泛起了几圈微不足道的小涟漪，乍起乍灭；父母软似棉花的话语进入她耳中，化成了两股无关痛痒的轻风，风过无痕。

那天，学校举行家长日，满身油腻的母亲匆匆赶到学校。老师的投诉，化成了尖利的刀子，把母亲脸上的笑容全都刮走了；赤裸裸地留下的，是被刮伤后的疼痛和坑坑洼洼的失望。

在回家的路上，母亲紧抿着嘴，脸上长出了许多荆棘，尖尖的刺，闪着阴冷的光。

阿斐怎么也想不到，一向温柔似猫的母亲，在迈入家门后，竟变成了一头虎，一头她前所未见的虎——猛虎。只见母亲蹲下身子，快速地脱了那双黑色的布鞋，顺手抄起一只鞋子，便劈头盖脸地朝她打去，一下一下地打，毫不留情地打，啪啪啪、啪啪啪。阿斐没有闪避，任挥飞如雨的鞋子在她头上脸上留痕留印。

之后，母亲抛下鞋子，疾步走入房间，由始至终没说一句话。她瘦瘦恹恹的背影，灰蒙蒙的，像秋天里的一棵枝秃叶落的树。

痛极惊极的阿斐，明明有着汹涌澎湃的泪，却一滴也流不出来。她呆呆地看着那只六亲不认的“耀武扬威”的鞋子，呆呆地看。看着看着，浑浑噩噩的脑子，骤然响起雷声，闪过电光。

啊，母亲的鞋子。

那是一双黑色的布鞋。

此刻，这双鞋子，一只面朝上，一只面朝下。

旧，而且破。鞋面和鞋底，已“劳燕分飞”了，丑恶不堪地裂着口。原本个性分明的黑色，因为多次的洗涤，已变成了暧昧不明的灰色。其中一只鞋子的鞋底还破了一个洞，像一颗冷看世情的眼珠。

母亲由始至终没有说过一句话。然而，此刻，许许多多的话，却从那双裂着口的布鞋争先恐后地流了出来。

阿斐沉滞的目光由那双残破的布鞋慢慢地移到了自己的脚上。

她穿着的，是一双名牌运动鞋，189元。那回，在百货公司，她说她要，母亲把鞋子捧在手里翻来覆去地看，然后，说："好鞋，好鞋呀，耐穿。"说完，就去柜台付钱了，没有任何的冗言赘语。

现在，母亲这双既残又破的布鞋，张着口，对她说话。

她听着、听着，突然缩着肩膀，哆哆嗦嗦地哭了起来，在满室荧荧的灯火中，在满屋沉沉的寂静里，她愈哭愈大声，哭声把原本凝固成团的空气也击碎了。

就在这时，一双柔软的手臂，温暖地揽住了她的肩膀，她抬起头来，看到的是母亲饱含泪水的眼睛，还有，枯黄憔悴的脸。

现在，每当有人和阿斐谈起她的奋斗历程，阿斐总不忘和别人说起这一双布鞋的故事……

回家过年

当车子进入了那个被层层山峦包围着的美丽城市时，不知怎的，我胸腔里的那颗心，突然变成了一个很轻很轻的钟摆，东荡荡、西摆摆，虚浮浮、飘忽忽，很不踏实。

具体心情，难以形容——不是兴奋，也不是悲伤；既无期盼，也谈不上失落。没有回家过年的雀跃，却有着重返故乡的怡然。

行行重行行，终于，到了，到家了。

车子驶进了宽敞的庭院，我举目浏览，这儿，曾经姹紫嫣红而今花凋枝残，曾经子结满树而今盛况不再。昔日倚门伫候、笑盼儿归的婆母，如今已换成了木无表情、公事公办的外籍女佣。

从各地马不停蹄地赶回怡保团聚的，约有二十口人。多年以来，新年的炊事都是由精于厨艺而又热爱烹饪的婆母一手包办的，现在，对着冰箱堆得满满的鸡鸭鱼肉，外籍女佣一脸的束手无策。

啊，家里近二十口人“嗷嗷待哺”，谁来主炊呢？

小姑勇敢地挺身而出，说：“我来。”

身为家中幺女的小姑，一向是婆母的掌上明珠，负笈新西兰而回国后，成了身居高位的女强人，素来把厨房当禁地；现在，听到她毛遂自荐，大家都难以置信地盯着她看。

只见她不慌不忙地从裤袋里拉出了好几张方形的白纸，炫耀似的在我们面前晃了晃，说：“瞧，这是我新年前几天恶补的辉煌成果呢!”好家伙，居然有备而来！我凑过头去看，纸上一板一眼地记录着多道菜肴的用料和烹饪方法，这些佳肴包括：津白元蹄、神仙鸡、酸梅鸭、泰式辣鱼、香炒双菇、凉拌鲍鱼、蒜泥大虾等。她得意扬扬地说：“嘿，我是真人不露相呐，你们等着瞧!”

我们当然没有“等着瞧”，反而一窝蜂地拥进厨房帮忙。

小姑井然不紊，指挥若定，俨然把厨房看成是她的办公室。人人按照指示，各就各位，各司其职——斩肉、切菜、洗鱼、剥虾、舂料、配酱等，忙得人仰马翻而又乐不可支。最令人欣慰的是，原本对炊事漠不关心而奉“君子远庖厨”为金科玉律的侄儿侄女，竟也自发地涌来帮忙，七手八脚地递盘取碗、洗杯洗碟，整间生气勃勃的厨房，充满了男女老幼和谐共处的融洽气氛，体现了长幼两代同舟共济的精神。在这个大家庭里，“有福同享，有难同当”是一个坚不可摧的信念。

此刻，在暮色四合的黄昏里，我一面快乐地清洗着怡保特有的肥大豆芽，一面默默地想：在天上的婆母，当会含笑凝视眼前这一幅题名为“天伦乐”的不朽画作吧！

姐妹俩

姐妹俩年龄相加，刚好 100 岁。姐姐 58 岁，妹妹 42 岁。

姐妹俩云英未嫁，分别住在相隔一里之遥的公寓里。我与她们的关系，“九曲十八弯”地隔了很多层，只能不清不楚地称她们为表姐、表妹。

表姐已退休，身体不好，落落寡合；表妹在百货公司里当主管，身强体健，意气风发。姐妹俩天天晤面，却龃龉不绝。

每回到马六甲去，总听到她们彼此投诉，越说越凶，最后，总是恶脸相向。我自认旁观者清，觉得表妹处处体现温情，表姐却处处不领情，所以，总帮着妹妹说姐姐。

最近，又去马六甲，住在表妹家中。

表姐一大早来，我在盥洗室，只听到表妹兴高采烈地说道：“我一早上菜市，有上好的五花肉，顺便给你买了一公斤。”岂料表姐语气不悦地应道：“我不是曾经告诉过你，我现在已经减少吃肉了吗？上回你买的，我还没吃完呐！现在，这肉，我不要了。”表妹耐心地说：“既然我已经买了，你就拿回去吧！”表姐坚持地说：“我吃不了那么多，不拿了。”表妹显然生气了，高声应道：“你不要，就拿去丢掉好啦!”我从盥洗室出来时，表姐变苦瓜而表妹变黄连，一室都是风雨欲来的死寂。我觑了个空，把表姐拉到一边，说：“是你不对!妹妹好心买了肉给你，你却不要，多伤人!”表姐余怒未消，应道：“已经说了很多次，叫她不要再买肉给我了，她老是不听，这一回，我硬硬拒绝，给她一个教训嘛!”我说：“既然已经买了，你就收下慢慢吃嘛，她也是一片好心!”表姐说：“她有的是好心，我有的却是苦心啊！你知道吗，她固执得像石头，别人的话，总当耳边风!”唉，我叹气。喊抓贼的往往便是贼，明明是自己固执，却说别人像石头。

表姐悻悻然地走了，那一条丰满透亮的五花肉，意兴阑珊地躺在桌子上，一无是用地闪着身上的油光。

晚上，就寝之前，表妹问我：“明天早餐要吃什么?”我坦白而诚恳地告诉她：“明天中午十二点，有人请我去吃牛肉火锅，我如果早餐吃太饱而中餐吃不下，便会辜负主人邀约我的一番诚意了。你千万千万不要为我张罗早餐，好吗?”她唯唯诺诺。

次日，睡到十时许，懒洋洋地起身，一迈出房门，食物的香味便扑鼻而来。表妹满脸笑容地对我说道：“我一大清早上菜市，买足材料给你炒了这盘面，快点趁热吃吧!”我看着桌上那盘她用足心思炒得五彩缤纷而又堆得好像小丘般高的炒面，瞠目结舌。她催我：“吃呀，快点吃呀!”此刻，在炒面升起的袅袅烟气中，表姐的话，清清楚楚地浮上了我的脑际：

“你知道吗，她固执得像石头，别人的话，总当耳边风……”

归

十年。

等了长长长长的十年，终于，他遵守了诺言，回来了。

回到了生他育他的国家，回返了爱他等他的家门。

他是我的次子方德。

他食量大，特爱美食，是个天生的小饕餮。读小学和中学时，他每天从学校回来，便径自冲进厨房，一迭声地喊："妈妈，妈妈，今天吃什么呀?"我一把菜肴端出来，他立马眉开眼笑。为了让他天天归心似箭，我"苦心孤诣"地以变化多端的厨艺使桌上菜肴时时更新。

他的身子像竹笋一样，以飞快的速度向上蹿长，长长长、长长长，上了中学，便长出了一个宽宽的肩膀，比我高出了一大截，常常喜欢站着和我说话，刻意做出一副"居高临下"的样子。

他性格开朗，满箩盈筐的笑话说不尽，一屋子都是他的声音。

16 岁那年，他远离家门负笈美国，一去四年。他走后，寂寞就像粉末，静静地落在屋子的每一个角落里，即使不去搅动，那粉末也常在、长在。四年后，他回来服兵役。之后，又像一只鸟，振翅高飞，远赴伦敦工作。临走前，他认认真真地对我说道："妈妈，给我一段时间在外面磨炼磨炼吧！为了您，为了爸爸，我一定会回来的，一定。"

在异国，他工作顺心，生活惬意；如鱼得水，如鸟投林。

我盼望他回来，可又不愿给他施加任何压力。于是，等，静静地等，耐心地等。

终于，离家去国十年后，他回来了。

在新旧工作交接之际，他申请了假期，建议大家一起去旅行，还毛遂自荐地负起策划之重任。我说我想到东欧一带走走，他高兴地说："好呀，好呀！"不久，把拟好的行程表交给我过目。每一个城市的下榻处、观光点、饮食特色，全都罗列得仔仔细细；连甲地到乙地的车程需要多少时间，也查个一清二楚，真可说是巨细靡遗呀！之后，他又忙着订机票、订旅馆。我和日胜，平生第一次"坐享其成"，乐得眉开眼笑。

在克罗地亚，我看他如识途老马般驾着车子兜转于大街小巷时，惊喜于生命轨迹的奇妙循环。在他的童年和少年时代，我和日胜，不也同样地在异乡异国驾着车子带着他认识地球村吗？这，应该就是我们给予他的潜移默化的影响了。在孩子的成长岁月里，不管你在物质或精神层面给了他什么，有一天，当你垂垂老矣时，往往也会得到相同的东西。

现在，在家里，老是有一个声音在我耳边絮聒：

"已经子夜了，还不睡觉？熬夜对身体不好呀！"

"用电脑，背脊要挺直。姿势不对，会腰酸背痛的啊！"

"刚吃饱饭，坐着看电视，消化不良，出门去散散步吧！"

“您最近吃太多螃蟹，累积的胆固醇太高了，要自我克制啦！”

我失去了自由，成了一个处处被监管的人。

然而，那是一种甜蜜的管制，我甘受约束。

上个星期天，他宣布：“晚餐由我来做。”

他兴致勃勃地到超级市场采购食材，手脚麻利地在厨房里洗洗切切、煎煎炒炒、熬熬煮煮，短短一个时辰，便做出了一大锅日式汤食，内有和牛、豆腐、粉丝、大白菜，还有几种不同的新鲜菇类。我的肠胃在那冒升的袅袅烟气里发出惊天动地的喊叫声。和牛薄片嫩软如云，入口即化；粉丝轻软如风，滑不腻口；豆腐、白菜、菇类全都有着返璞归真的好滋味。哟，没有想到他的厨艺竟然如此之棒，真是“士别三日，刮目相看”呀！

星期天又到了，我一脸馋相地问：

“儿子呀，今天，你煮什么？”

灵验的药方

远居中国义乌的年轻朋友阿淑，在结婚之后开始学编织。

阿淑原是急性子，编织这门手艺却又需要极大的耐性，阿淑在学习的过程中不免吃尽苦头。只见那两根细细长长的织衣棒宛若醉酒似的全然不听使唤，笨拙异常。千丝万缕的线，化成了千头万绪“剪不断，理还乱”的愁思，织了这头，错了那头；顺了这边，乱了那边，因此，织了又拆，拆了又织。可阿淑一点儿也不气馁，屡战屡败而又屡败屡战。

凭着百折不挠的战斗精神，终于，这两根不听使唤的织衣棒如愿以偿地变成了出神入化的魔术棒。此刻，只见她信心满满而又兴味盎然地让闪亮的织衣棒在彩线里来回穿梭，像两条瘦瘦的剑鱼快乐自得地逐浪而戏。

非常欣赏阿淑，因为在她顽强不屈的学习精神底下，包裹着一颗温柔细腻的孝心。

她在结婚之后，和孀居多年的婆母同住。阿淑的丈夫是独子，常常出差，家里长年冷清。好不容易盼来了阿淑这个媳妇，婆母每天总是高高兴兴地把饭菜做好，等阿淑下班回家。婆媳俩共用晚膳后，婆母便把心里的话一串一串地掏出来，细水长流地谈个没完没了。基于年龄的差距，加上生活经验和彼此兴趣的截然不同，双方其实没有太多共同的话题；或者，更准确地说，长年寂寞的婆母其实只想要个聆听的对象。阿淑了解这一点，自然不愿拂逆婆母的心意，然而，每天晚上几个小时固定不变的“倾听”，却又是对耐性的极大考验，于是，脑子灵活的阿淑便想出了“一边聆听一边编织”这个“一箭双雕”的绝好方法。

结果呢，阿淑“谈”出了累累硕果——她为丈夫织了多条围巾、多双手套和好几件毛衣，让他在异地的酷寒里充分地体会到妻子的温暖。阿淑也给婆母织了结实的毛衣和厚重的披巾，给她御寒保暖。

婆母逢人便称赞媳妇的贤淑明慧，对媳妇无微不至的照顾也赞不绝口；婆媳俩的亲昵和谐，羡煞旁人。

婆媳相处，是一门深奥的学问。本来嘛，家和万事兴，偏偏许多人却把家里这一片美丽的净土化为烽火连天的战场。

我多年前曾在台湾杂志上读及一则有趣的故事，极具启发性，现凭记忆转述如下。

有对婆媳，水火不容。媳妇投诉凶悍的婆母无理取闹，婆母嫌弃懒散的媳妇目无尊长。住在同一屋檐下，天天吵得不可开交，媳妇再也忍受不了满屋的乌烟瘴气，于是，偷偷去找一位中医，要求他开个让人慢性中毒的药方，想在“神不知鬼不觉”的情况下置婆母于死地。在重赏之下，中医成了勇夫，他将药草交给媳妇时强调，长期服用，能让人慢性中毒，不过，必须每天清晨五点起身把药草研磨成粉，方能生效。

从那天起，这媳妇便成了一个异常勤快的妇人，每天曙光初露时，就起身研磨药草，熬煮鸡汤。不明就里的婆母见媳妇脱胎换骨地变了一个人，大受感动，遂把喝下肚里的鸡汤转化为宽容和慈爱。在接下来的日子里，战火停了，硝烟散了，家里一片温馨祥和。

媳妇见笑脸相向的婆母对她宠爱有加，心虚了，心慌了。后来，当她对婆母昔日的恶感不知不觉地转化为日益深厚的情感时，她懊悔万分地奔去中医那儿，双眼噙泪地说："我不要她死，我不想她死，您可有解药，为她解去身上的毒素?"中医淡定地微笑着说："老实告诉你吧，我给你的药草，实际上就是补药，根本不是什么毒药啦!"

心病还须心药医。

睿智的中医开出的，其实是人世间一帖最为灵验的药方。

够　了

2003 年，亲爱的父母在相隔不到一百天的时间内相继去世，是我这一生遭受的最沉重最巨大的打击。

办完丧事后，我明确而绝望地感觉到，我生命里很重要的一部分永永远远地流走了，想抓也抓不住，想寻也寻不回，那种撕裂般的痛苦，将我惨惨地分成了两半——白天是透明似的空，如同幽魂般，飘来飘去；到了夜晚，整个人又落入了一张黑黑的大网里，如同困兽一般地做徒劳无功的挣扎。与双亲共同享有的那些温馨的时光，在回忆里，全都变成了剜人的刀子，一下一下地割着原已支离破碎的心。我真正明白了什么是“伤心”，那种痛苦的感觉，进到心坎很深很深的地方去。我的生活，除了眼泪，还是眼泪。我变成了一尾鱼，一尾沉默的、患着自闭症的鱼，在自己苦涩的泪水中游来游去。

有一天，我的上司郭毓川院长突然对我说道：“你来，我要跟你谈谈。”我以为他要谈公事，行尸走肉似地飘进了他的办公室，没有想到，我一坐下，他便一脸严肃地对我说道：“我要送你两个字！”我茫然地抬头看他，他说：“这两个字是，‘够了’！你不能再继续这样过日子了!”我默然垂首，他说：“一切的悲伤，都应该有个句号，你之所以一直以逗号延续你的悲恸，只因为你让悼念停留在低层次的想念上。不管往事如何温馨，你一味想念，一味掉眼泪，人都无法再复活，那样的想念，是一无是处的，是自我折磨的；而怀念，才是高层次的悼念，只有继续做一些让双亲觉得骄傲的事情，做一些平时双亲喜欢你做的事，才能发挥悼念真正的意义。你要知道，放了，不等于忘了。”

那天回家，尽管眼泪还是扑簌簌地掉，可是，我却开始有了思维的能力。“够了”这两个字看似冷漠无情，实际上，蕴含着深刻的人生哲学。它冷静而又理性，有着一种看透世情的彻悟；它同时又是恬然而感性的，有着一种自疗伤势的温柔。是的，够了，停止感情的自我戮害。

是的，够了，停止泪潮无限制的大泛滥。

够了，够了。

唯有重新以平常心过活，才是对父母最大的敬重。

唯有重新找回昔日的那个自己，才能让父母永远安心地休息。

我于是用粗笔写了两个很大很大的字“够了”，贴在墙上，提醒我自己。每当我的思维又无意识地触及过去生活的一些细节而心生酸楚时，我便赶快对自己说：“够了。”

在我最艰难的时候，靠着这两个充满了智慧的字，我把自己提升到人生的另一个境界，我用我双亲肯定会喜欢的方式来过活，以我的努力争取发亮的成绩，再慎重地将这人生的成绩册献给他们的在天之灵。

老年痴呆症

和久未谋面的一群老友聚餐，惊见原是美人的阿磊面容憔悴，细细的皱纹冰裂于瓷质般的皮肤上，晶亮的眸子蒙上了尘埃，饱满的双颊瘪瘪地凹着，老态毕露。

不待众人追问，她便以疲惫的声音说道：

“我妈患上了老年痴呆症，折磨人啊，这病！”

万万没有想到，阿珊和阿碧一听这话，居然异口同声地表示：她们年迈的母亲也患上了这种令人闻之色变的病症！

一整晚，大家的话题便围绕着“老年痴呆症”打转。

阿磊难过地说道：

“我妈原本是个人见人爱的活泼老太太啊，每天一大清早，便兴致勃勃地出门会友、逛街、喝茶、打麻将，日子过得有滋有味。然而，好景不长，就在她度过88岁生日后，对于这一切，突然失去了兴趣。每天睡到日上三竿还不愿起床，醒来之后，躺在床上，声音大大地问道：今天是星期几啊？我说：星期四。哦哦哦，她说，我要送我女儿上学去了。你们看，她竟然走入了时光隧道，返回少妇时代了。隔不了几分钟，又再问：今天是星期几啊？我重复地答，她重复地问，我简直就变成一台答话机了。病情加重时，出现了行为紊乱的现象，她把闹钟放进冰箱里，把梳子收在碗柜中，把苹果放在枕头底下，然后，满屋乱找，我天天陪她找这找那，累得几乎垮掉了！最惨的是，原本有洁癖的她，如今却随地大小便，有时，半夜起身，将稀溜溜的大便当作颜料，在墙上乱画！那个臭啊，几乎把邻居也熏死了！”

阿珊的老妈，也不肯多让。开始时，她老向阿珊投诉佣人偷钱，然而，这名佣人在她家已做了整十年了，诚实可靠，不属于她的钱，一分也不要。阿珊劝老妈不要疑神疑鬼，但老妈每天还是唠唠叨叨地指责佣人偷钱。接着，她投诉身体疼痛，全身上下好像除了假牙之外，没有一个地方不痛。阿珊带她去看医生，才证实她患上了老年痴呆症。最让阿珊觉得痛苦的是，她常常趁佣人不备时“离家出走”，还得惊动警员把她带回来。有一回，深更半夜，阿珊听到异响，起身一看，乖乖不得了，她老妈居然攀在铁门上面，想要爬出屋外！她尝试拉她下来，却被孔武有力的母亲在她的脸上连连揍了好几拳，把她打得变成了熊猫的孪生姐姐！

“现在，我和佣人白天轮流守着她，晚上呢，便用绳子把她的手脚绑在床上。每次绑她，我便流泪，心真是痛啊，但是，我能有其他的办法吗？”阿珊说着，声音里满满地盛着的眼泪，湿湿地流出了眼眶。

阿碧的老妈，病情最轻，所以，阿碧以每天30新元（折合人民币150元）的费用，朝九晚五地将她寄放在老人托管中心里，让她和其他患者一起做运动、打麻将，消磨日子。阿碧苦笑着说：“托管中心闹声喧天，因为每个人都在讲话，但是，全都是在‘自说自话’；

说不完的话，便带回家来，躺在床上，继续说，说说说，有时，说到凌晨三四点，还在说。”她请教医生，医生说：“她在下载资料啊，你如果硬硬干扰，引起系统大紊乱，后果更可怕！”老妈回家时，投诉托管中心不给她东西吃，阿碧信以为真，一边快手快脚地给她煮面，一边想：明天得去交涉交涉。老妈三下五除二地把一大碗面吃光了，然而，阿碧才把空碗端进厨房，便听到老妈在厅里吼道：“我这么饿，你为什么还不弄点东西来给我吃？”

失去了健康，生活也就全然失去了素质。像老年痴呆症这类因为大脑皮层萎缩而引起的疾病，会造成智能减退、人格障碍等症状；一人生病，全家受累，最为不堪的是，病人在迷迷糊糊的情况下，往往因为屡做傻事而活得尊严全无。

啊，我们是否可以在精神与身体俱健康的情况下，预先签下同意书，日后，万一患上老年痴呆症，就痛快地放弃卑贱地活着的权利？

可以吗？

这个问题，相信是许多人都想提出的，但是，我们该找谁来回答呢？

豁达里的遗憾

接到陈若曦女士发自台北的电邮，我吓了一跳。

信开首第一段是如此写的：

“我陪芝加哥来的朋友去中部看朋友，过了一夜，返来发现小偷光顾过，首饰全扫光，现金全拿，银行存折、图章及提款卡，还有身份证和保健卡，全部家藏美酒（特别是从成都辛苦拎回家的水井坊白酒）也被搜刮一空。喔，还有我新买的那美丽的手机呐！很干净吧？哈哈，今后倒可以放心出门了，因为值钱的全拿去了，身轻如燕呐，是不？我难过了一晚，第二天就想开了，没用安眠药也能睡耶，真的，这次学乖了，身份证件和保健卡都放在随身包里；入睡前也会想到要把门锁好。一辈子就被偷这一次，也算幸运的。想想，幸好人不在家，否则吓也被吓死了吧？”

明明是让人难过透顶的倒霉事，可性子豁达的她，却四平八稳地进行自我开解。鼠辈潜入家中，幸好人不在家。东西被搜刮一空，以后出门便没后顾之忧了。一生只被宵小光顾一次，可真幸运啊！

明明是叫人担心而又生气的坏消息，可是，她的达观却使我在读完信后脸泛微笑。啊，幸好，幸好。幸好她人安好，幸好她看得开。留得青山在，不怕没柴烧啊！

然而，再想深一层，对于曾经经历文化大革命而在精神与生活上饱受折磨的陈若曦来说，人世间还有什么磨难是她承受不起的？对于曾经有过两段婚姻而今孑然一身居住在台北的陈若曦来说，人世间还有什么事情是让她看不开的？

熟悉她作品的读者都知道，她是取材严肃的现实主义作家。然而，偶尔也有一些极为轻松的作品，泄露了她不为人知的另一面。比如说，有篇散文《我儿子的妈妈》，便是一幅有趣的“文字自绘像”，她以长子的口吻来写自己，语多自嘲。

文中有一段是这么写的：

“妈妈强调，人活着不是为了当衣架子，因此就马虎草率。她从来和时髦沾不上边；自称朴素，但常常简陋甚至邋遢到令我哭笑不得。她曾经到加州大学上了一天班，回家烧饭时才让我发现，上衣穿反了。我为她感到难为情，她却只笑一下说：‘既然已经穿反了一个白天，索性再穿下去，晚上睡觉时换吧！’对于自己衣着的简朴，她是如此解释的：‘衣服的美是外表的、肤浅的；灵魂的美才是真正的、永恒的。’她也在文中借她儿子的口来剖析自己的性格：‘像我妈妈这样的女人，别看她固执得像一头牛，其实软弱得像豆腐，只要你打中了她的心弦。’”

2009年4月，我们一起受邀参加“四海作家遨游云南”的活动。有一天，参观彝族博物馆，人人都为彝族那些款式繁多而又美不胜收的传统服装击节叹赏，她却在我耳边嘀咕：“如果把花在服饰上的钱投资在教育上，该有多好啊！”

有个晚上，聊及已故作家梁羽生，提起他曾经说过的“我这一生没有遗憾”。我说：“没有遗憾的人生，才是真正圆满的人生。”她的脸色，忽然黯淡了下来，语调沉重地说道：“我有遗憾。”

她的遗憾是年轻时为文学活动四处奔波，忽略了对孩子的照顾，致使天资聪颖的次子在求学和工作上做出了错误的选择，生活质量因此而大受影响。这事，在她最近出版的自传《坚持·无悔》一书中有详细的叙述。坦白地说，当我读及书中她写她次子奉命出军到伊拉克而国家把一面国旗送到她家里去的这个细节时，我确因难过而泪盈满眶。

陈若曦对于自己一生所作的各种选择，坚持，无悔；唯独孩子，她觉得对他有所亏欠，因此，有了此生难以化解的遗憾。外表刚强如铁，然而，作为一名母亲，陈若曦那颗心比豆腐更为柔软。

一份迟来的感谢

一翻开报纸，便因高度震惊而感晕眩。

同一则新闻，读了又读，读了再读，惋惜之余，难过已极。

才34岁，竟猝不及防地被这场小小的意外夺去了宝贵的性命！根据报章刊载，他到马来西亚吡叻州的宋溪参加大脚车越野赛，在比赛前，为了熟悉赛程，和两名队友骑铁马观察地形，没有想到走错路线，拐弯后，从高处俯冲而下时，突然见到前面有个深坑，紧急刹车，力道过猛，整个人骤然飞离车，重重摔入深达一米半的大坑里，送入医院后，伤重不治而亡。

他是莱佛士初级学院的何瑞浩老师。

何老师原是机械工程师，任职于本地一家跨国电脑公司，后因为他人补习而对教书产生兴趣，于四年前改执教鞭，在莱佛士初级学院担任数学老师。

我不认识他，也从来没有见过他，可是，“何瑞浩”这个名字，却是我们家庭里每一个成员都耳熟能详的。

他是我女儿的数学老师。

在女儿口中，他是一名具有“五心”的老师，这五心是：关心、爱心、耐心、苦心、善心。女儿原本对数学一科无甚信心，然而，何瑞浩老师却能以别具一格的教学法引起她学习的兴趣；更难能可贵的是，他对学生，有求必应，不吝抽出大量的时间和精力，为学生以一对一的方式进行课外辅导。女儿每回提起他，语气里满满的都是尊敬。

会考成绩揭晓，女儿考获了不错的成绩，因此对于何瑞浩老师，她有很深的感激。我嘱咐她给何老师寄张谢卡，让他具体而切实地感受到辛勤耕耘后桃李有成的快乐——我们常常以为只有学生需要掌声、需要激励、需要美言，其实，老师也同样需要掌声、激励和美言。把赞美的话收在心里，犹如把酿好的醇酒密密地封在坛子里，全无意义。把盖子揭开，让酒香溢出，让美酒那晶莹的琥珀色把酿酒人的双眸照亮。

女儿听后，唯唯诺诺，次日，问起时，应道：“我会写的，您就别操心啦!”过了几日，再问时，又答：“我有空自然会写的，您放心啦!”我一直没放心上，她也一直没有空——忙着看戏、忙着跳舞、忙着拨电话、忙着上网、忙着应酬朋友，忙得不亦乐乎。年轻的心啊，总以为世间万事万物都能等、都会等。

再过不久，收拾行囊，负笈英伦，把这事抛诸九霄云外。

意外新闻见报后的次日，接到女儿发自伦敦一则泪痕斑斑的电邮：

“妈妈，我很后悔，我真的后悔，当初您一再嘱咐我写信向何瑞浩老师致谢，但是，我没写。现在，远在异乡，知道他意外去世，我和其他几位莱佛士初级学院的学友哭得连嗓子都哑掉了。我们大家都想对他说，他是良师，是恩师，是绝对特别的一位老师，可是，他听得到吗？他知道我们的心声吗？实际上，对于像他这样的一位老师，就算我们说上千次谢谢，也难以表达心中千分之一的感激。可是，妈妈，我却连最起码的一次谢谢也没说……”

我拿着信，深深叹息：太迟了，女儿，真的太迟了。

然而，何瑞浩老师，我依然还是希望您听得见无数无数学子的心声：“谢谢您呵，谢谢您！”

像“抛物线”的男人

马丁又来了。

我和外子日胜到他下榻的酒店去接他。四年未见，马丁不但不显老，看起来反而更年轻了。他穿一袭深褐色的长袖衬衫，配米色的领带，俊朗而潇洒。多年前，他曾是日胜在澳大利亚工作时交情弥笃的好同事，后来，日胜被派到新加坡担任分公司的总裁，两人一直保持着极好的联系。

就工作这一码事而言，马丁是个不甘寂寞的人，“从一而终”对他来说是天方夜谭。平均每隔几年，他便有惊人之举。

拥有工程博士学位的他，在公司原本备受器重。一日，他忽然出人意表地提交辞呈，在悉尼的市郊处租了个地方，经营餐馆。他的理由是：换份截然不同的工作，刺激刺激日趋麻木的头脑。他的营业方针是“出奇制胜”——以匈牙利食物为号召，由原籍匈牙利的妻子掌勺，几道匈牙利名菜如鞑靼牛肉、鲜鱼熬汤、烤肉大汇集，把食客唬得团团转。餐馆开设了六年，兴隆的生意，带来了满钵的利润，原本以为他会扩大营业规模或是开设分店，没有想到他却又出其不意地将处于巅峰状态的生意结束了。

偕同妻子到东南亚旅行了一圈之后，马丁返回澳大利亚，成功地在大学申请到一份教职。多年在私人机构担任高职汲取的经验，使他得以在理论和实践之间建立起一座坚实牢固的桥梁。他的授课之道在于融趣味与学识于一炉。他说："我不谈理论。理论都是死的、硬的、固定不变的，就像密封的罐头般，毫无变化，枯燥乏味。"他将无数工程实例设计成趣味盎然的教案，深入浅出地加以分析。学生在这种"知其然而又知其所以然"的授课方式下，受益良多。他的课，充满了难以预料的变化和无可抵挡的魅力，因此，学生盈门。课余之暇，他又勤作研究，丰硕的研究成果散见世界各地的杂志书籍。

今年，他被擢升为教授。可是，"不安本分"的他，又蠢蠢欲动了。他已和出版商签订了合约，准备撰写一部有关工程个案研究与分析的著作。此行到新加坡来，便是参加一项为期三天的世界工程研讨会，希望广结友缘，收集到更多富有意义的个案以充实他专著的内容。他最新的梦想是：辞去教职，专心写作；书一出版，便云游四海，广为宣传。他认真不苟地说道："书是静态的，作者不能被动地坐在家里等待著作被有心的读者发现，反之，必须时时、处处主动出击，将自己变作一块磁石。"尽管第一部书还未动笔，可是，极具远见的他，已开始为第二部书的内容进行思考与策划了。

这个男人，着实叫人"眼花缭乱"。他活到老，变到老。人人追求安乐安恬的"直线形"人生，可马丁却刻意追求变化多端的"抛物线形"人生。

我问他："马丁，著书立说之后呢，你还有其他梦想吗？"

他毫不犹豫地应道："有，当然有！我喜欢园艺，也许……"

也许，啊，也许，若干年之后，再见马丁时，他已是个皮肤被阳光镀成古铜色的果园庄主了！

心里有只豹

与约瑟芬相约在香格里拉酒店喝下午茶。乍一见，吓一跳。半年未晤，她竟瘦了好大好大的一圈，原本宛若圆月的下巴，变成了尖尖的锥子。

她苦笑着说："经历了一场浩劫呢！"

已届中年的约瑟芬，是典型的"单身贵族"，和同样保持独身的姐姐住在舒适的私人公寓，出入有汽车代步。她任职于某家大型私人商行，每晚下班后，还到夜校去授课，生活充实而又愉快。一年前，获得擢升，担任主任。责任加了数倍，工作繁多，纵是分秒必争，依然觉得时间"入不敷出"。原想辞去夜校的工作，可是，校方执意挽留，她自己在感情上也难以割舍，于是，勉强支撑。渐渐地，精神不胜负荷，岌岌可危。

终于，出事了。

有一天，她如常驾车上班，经过一条巷子时，突然看到一道黑影在车前飞速窜过，她紧急刹车，车轮在马路上画出了几道白痕。下车验视，赫然发现有只黑猫被车轮辗得肚破肠流，魂归天国。她惊得头皮发麻，却又无计可施。

怪事在第二天发生了。

当她驾着车子经过同一条小巷时，有只黑猫，阴阴地坐在巷子里，冷冷地瞅着她。她霎时觉得有股寒气像条冰冻的泥鳅般从颈部沿着背脊溜滑下来，车子冲出小巷，在大路旁停了下来，她全身簌簌发抖，伏在驾驶盘上放声大哭。

那一天，她也不知道自己怎样把车子驾回去的，然而，她确知的是：她已丧失了驾车的勇气，而且，每天都有一种如临大敌的恐惧感。她不慎撞死了一只猫，可是，这只猫却张牙舞爪地变成了一头豹，凶狠毒辣地啃噬着她那颗不堪一击的心。

这个时候，给她最大支持的，是与她同住的姐姐。姐姐总是在她痛哭时，温柔地环抱着她，说："不驾车，有什么关系呢，就坐计程车嘛!"贴心的姐姐其实已看出她的问题不在猫，而在于她濒于崩溃的精神状况。于是，她静静地为她做了好些安排，首先，代她辞去了夜校的工作；接着，带她去看心理医生；在她服药期间，每天傍晚，驾了她的车子到附近一个空旷的地方，再把车子交还给她，嘱咐她开着车在那儿慢慢地绕着圈子。姐姐说："当恐惧来的时候，你不要懦弱地逃避它，应该刻意地面对它。只要抱着必胜的决心，没有不胜的道理。"

多管齐下，约瑟芬终于摆脱了那犹如噩梦般的病魔。

很明显的，如果没有亲情的滋润，约瑟芬恐怕早已被胡乱闯入的那一头"豹"抓得血肉模糊了。然而，话说回来，像这一类隶属心理范畴的病，如果没有自我搏斗的坚强意志力，恐怕盘踞在心坎深处的那头"豹"，也是难缠又难搞、难赶又难去的!

海豚与猫儿

新加坡先驱初级学院的郭毓川院长对学生说了两则发人深省的真实故事。

故事之一：一日，他到圣淘沙去，观赏海豚表演。那天，炙阳如火，肌肤被晒得隐隐作痛。坐在第一排的，全是稚龄幼儿。为了替心爱的孩子抵挡毒花花的阳光，母亲们撑开了大大的洋伞，制造了一筒一筒圆圆的清凉。远远看过去，一把一把的洋伞，犹如地底下骤然冒出的五彩蘑菇，一朵一朵，亮丽而又固执，专注而又顽强，死死地守护着一份永远不老的亲情。可是，把孩子当成心肝宝贝的母亲们，根本没有想到，这些象征着爱的大洋伞，却和野生的毒蘑菇没有两样——它们把后面观众的视线全都挡住了。在孩子们的眼中，她们是“无私”的母亲，可是，在大众的眼里，她们却是“自私”的妇女。最为可怕的是，她们的行径造成了别人的不便，她们却无知无觉，或者，认为有“爱”作为盾牌，她们便可以堂堂皇皇地摇身而变为“打伞的和尚”——无法无天。

故事之二：又一日，他经过一座祖屋时，看到一名身着校服而一脸清纯的少女，兴味盎然地蹲在地上喂野猫。只见她慢条斯理地打开一罐美味的猫食，倒在白白的纸盘里，温柔地招呼猫儿，要它吃。饥肠辘辘的野猫，自然毫不客气地大快朵颐了。它吃，她看；猫儿惬意，她快乐。不消三两下，纸盘里的猫食便被吃得个干干净净了。这时，人猫两散——脑满肠肥的猫儿步履蹒跚地走开，心满意足的少女脚步轻快地回家，只剩下那空空的罐子和瘪瘪的纸盘，愣愣地躺在地上。郭毓川院长诙谐地说道："少女大概忘了，猫儿是不吃罐子和盘子的。"

这位少女，以独有的细腻爱心照顾了猫儿，但任意污染了我们所生活的环境而心无愧疚，更叫人心寒的是，环境被污染，她却可能一点感觉也没有。

郭毓川院长口中所叙述的这两则真人实事，其实是具有很大的典型性与概括性的。

在现实生活里，有一种令人忧心的现象正悄悄地滋长着。许多人，在行事时，只会从自己的立场来考虑问题，至于自己的所作所为是否会对他人造成任何的不便、不快与不良的后果，他们便漠不关心了。更甚的是，出了问题之后，他们不自我检讨，反而快速地将矛头指向他人，推卸责任。

每一件事情，都有它的多面性。可是，当岛民习惯了以单一的观点来看待事情，以单一的方法来解决事情，许多麻烦便由此而生了。

我个人认为：各个机构在制定政策时也是一样的，有些政策，只为一小部分人带来眼前些许的利益，但却在大部分人心上投下了永远的阴影，甚至，造成了一定的后遗症。制定政策者，能不三思吗？

快乐的陀螺

五叔78岁那一年，形单影只飞去中国旅行。在零下20摄氏度的酷寒里，到东北的哈尔滨去看冰雕，砭骨寒气加上舟车劳顿，潜伏着的心脏病猝然暴发。忧心如焚的儿女，纷纷请假飞赴中国把他接回来，眼看着要办后事了，坚强的求生意志、先进的医疗设备，加上亲人无微不至的照顾，五叔奇迹般地活转过来。他调养得极好，不久，又开始大声讲话大声说笑、大口吃饭大块吃肉了。

病倒异乡的经验并没有使他成为惊弓之鸟，现年82岁的五叔，今日忽然兴致勃勃地告诉我，他下个月又要独自上路，到中国去玩了。他信心满满地说：

“上回我不知道自己有潜伏性的心脏病，无备而去，才会打了败仗。这次，我带齐药品，处处小心，有备无患啦！”

曾与死神擦身而过，他显然已进入了一个高度豁达的新境界，他坦然说道：“当你心无所惧时，什么都吓不倒你。再说，80岁过后，每多活一天，都是上天的恩典，我不能辜负上天的好意，所以，每一个日子都要过得快快乐乐的。”

现在，每个清晨，他风雨不改地到公园去活动筋骨，之后，神清气爽，步履如飞，搭了公共汽车到处去。每周总有几次，他带着我那86岁高龄的老爸爸，这里那里地找寻美食大快朵颐。这两个年龄相加高达168岁的老兄弟，互相调侃，戏谑笑闹，宛若两个老顽童，活得有滋有味。

最近，好友南忆起他已逝的父母，不期而然地流露出心中的懊悔。他的父母，是上一代从中国南来的移民，胼手胝足，含辛茹苦地将五个儿女抚养成人，个个学有所成，散居新加坡和马来西亚的各大城市。年迈的父母不肯迁离马来西亚那住了一辈子的小城，而且，喜欢遵循原来简单朴实的方式过活。可是，身为长子的南，为尽孝心，硬硬把那所老旧的屋子卖了，将双亲接到新加坡来，不再让他们做家务，一切由佣人代劳。为了让双亲活得更久，他还严格监督他们的饮食，爸爸最爱的肥腻食品、妈妈最喜欢的椰浆成品，全都成了饭桌上的禁品。然而，让南百思不得其解的是：生活悠闲舒适，双亲居然先后患上了精神抑郁症！虽然他们都是年过八十才去世的，但是，去世前那几年，过得并不快乐。

实际上，我个人认为，身为儿女的，不该把孝心化为绳子，将父母捆绑得透不过气来。我们应该当他们是陀螺，该放的时候放，让他们顺着自己的意愿，在有限的岁月活出最后的灿烂。

现在，坐在我面前的五叔，一脸都是惬意的笑：

“我说我要去中国，六个孩子全都说好呀好呀，去玩去玩，去好好地玩！”五叔，是一只快乐的陀螺。

“防腐剂”

不同了。

一切都不同了。

心情、感受、实际情况，一切的一切，全都不同了。

几个月前，几家人还兴致勃勃地商讨返回怡保祖宅欢度农历新年的事儿，晴天里忽然传来一声霹雳，所有的决定都化水成烟。

自从大姑搬离祖宅而在吉隆坡另购公寓之后，怡保偌大的祖宅便只留下一名印尼籍的女佣。工作虽然清闲，可是，日日守着寂寞，夜夜伴着孤灯，合约一满，她无论如何也不肯再续约了。一时找不到合适的女佣，便让屋子暂时空着。然而，万万想不到，空置不及一个月，便遭窃贼光顾。从“窃”后情况推断，窃贼肯定不止一个，而是一批；偷窃手法够狠、够绝、够彻底；小件的装饰与器皿且不说，大件的家具与桌椅，居然也被偷了个精精光光；最叫人愤怒的是，电灯被拆、水管被锯。既没电，又没水，曾经繁盛一时的祖宅，凋零不堪地剩下一个空壳。朋友闻及此事，慨然叹道：“说什么偷窃，简直就是洗劫嘛！”是的是的，过去“应有尽有”的祖宅，如今已被“洗劫一空”了！听着亲人痛心地说着这事，心中涌满了无可化解的悲伤。婆母于三年前撒手尘寰时，我们曾想力保这所晃动着无数笑声泪影、盛载着无数珍贵记忆的祖宅，可是，如今，在无情的现实面前，我们却不得不低头了——在农历新年喜气洋洋的跫音里，我们万分无奈地在报上刊出了“洋楼待售”的启事。

今年的除夕夜，是在小姑位于吉隆坡的公寓里度过的。不谙炊事的她，为了我们，大大破例。谈起她焖煮猪手的经验，亦庄亦谐：

“哇，一生没见过比这更大的猪手，高高地吊在摊子上，足足有四公斤重呢，连皮带肉，完完整整一大个。又买白菜两公斤，两条手臂几乎提得脱臼呐！原以为猪手越大越好，可是，当我在锅里为猪手过油时，才知道恐怖这两个字怎样写！猪手霸里霸气地横卧在锅里，我尝试为它翻身，翻来翻去都翻不了，实在是太沉了呀！还有还有，白菜买得太多，一放，整个锅都满了，哪儿还能放那巨型猪手！只好把白菜和猪手分开来煮，所以嘛，虽然是同一道菜，你们却有幸尝到两种味儿！”

众人捧腹大笑之余，亦深为她的诚意而感动。

精于厨艺的大姑呢，一口气煮了七八道佳肴，携来小姑处，大家热热闹闹地聚在一块儿，大快朵颐。公寓不大，可是，人气很旺；祖宅虽回不去，而亲情常在、长在、永在。

年初一，一行人“浩浩荡荡”地分驾几辆车子到怡保拜年，特地绕道回返那所待售的祖宅看看。一看，眼眶全湿。原本可以停放整十辆车子的宽阔庭院，乱七八糟地长着高可及膝的野草，风过处，闪出一片阴悒的惨绿。亲爱的祖宅呢，此刻，萎靡不振地立在萋萋荒草中，容颜憔悴得不复辨认。

他日，祖宅一旦脱售，我们与它的关系，便画上了永远的句号。

心里虽然有万般不舍，可是，认真想想，祖宅终究只是一个空的壳，根植于心的亲情，才是我们必须终生保护、保持、保全、保藏的。实际上，婆母在生前已用她绵长无私的爱，为下一代的亲情注入了永远“保鲜”的“防腐剂”了……

笑与痛

坦白说吧，缺乏强劲的脚力而去中国旅行，无异于自讨苦吃。幅员广大的中国，绮丽风光尽在高处，遨游时，不是行远路、走长路，便是攀高山、爬小丘，到了晚上，双足往往酸痛不已。鉴于此，我常常到足浴中心去做足疗。

把双脚放入尚在冒着轻烟的热水里，“嗤”的一声，热气如蛇，沿腿而上，十分受用。浸泡了十来分钟后，两只脚轻轻软软的，像踩在云雾里，这时，按摩师便会为双足进行按摩了。推推拿拿、搓搓揉揉、按按捏捏，足部每一条筋脉和每一寸肌肤在他运势自如的按摩里，充分地舒展了，所有的酸痛和疲惫，都像滴落于泥土里的水分般，一点一滴地消失了。一个小时后，我从保健中心出来，原本奄奄一息的双足，好似被注入了无限元气，走起路来虎虎生风。

次日，走得多、爬得高，双足不堪负荷，酸痛感又“卷土重来”，于是，我拖着两条绵软无力的腿，重新走入足浴中心。如此周而复始，我却也乐此不疲。

由于我非常享受那种推拿搓揉的按摩过程，后来，只要有时间，不管酸痛与否，我都像个瘾君子般，径往足浴中心跑。兴致高时，一早一晚各做一次，但觉神清气爽，无限惬意。足浴，已经成了我在中国旅游时不可或缺的保健项目了。

在新加坡，国人健康意识逐渐抬头，脚底按摩中心也如雨后春笋般，纷纷林立。

一日，整理堆积如山的书籍，在梯子上攀高爬低无数趟，到了傍晚，双脚又酸又痛，举步维艰。经朋友推荐，到某推拿中心去，找了一名经验丰富的按摩师，准备好好享受按摩之乐。

舒舒服服地靠在长椅上，按摩师傅给双足敷上了软软滑滑的按摩膏，之后，便开始轻重有序地进行按摩了。完完全全没有预料中的舒畅，反之，当他对准脚底穴道又按又揉时，一波一波的剧痛好像后浪推前浪一样接踵而来，冷汗渗出，就连头发，也痛得几乎惨惨地发出声音来。及至按摩脚趾时，更是剧痛穿心，我脸青唇白、龇牙咧嘴地喊："停，停！"向按摩师追问剧痛缘由时，我引用旁证："在国外做足浴，可舒服得很呢！"按摩师气定神闲地分析道：

"足浴旨在让人缓解脚部的疲劳，按摩师一般并没有真正运力，只是让双手轻轻松松地在外皮上兜兜转转而已。一般人觉得舒服，是因为按摩师用的仅仅只是表面功夫，按摩的劲道根本没有深入穴道，而这，是起不了保健作用的。至于脚底按摩呢，是有治疗作用的：脚趾和脚底有无数个穴道是通向五脏六腑的，有经验的按摩师，自然知道运用正确的力道，使脚底穴道受到适度的刺激，再把力道一波一波地渗透到五脏六腑去。在运力的过程里，您感受到痛楚，那是完全正常的。"

啊，这两种不同的按摩方式，多么像人生的语言。

有些语言，花里胡哨甜滋滋、花团锦簇乐陶陶，很中听，很受用。它锦上添花，它让你笑，然而，它是甜言蜜语，听得再多，也无实益。

有些语言，直捣黄龙、直入核心、直切要害。它逆耳，它让你痛，然而，它是忠言，是不怕火炼的真金，你能从中受惠。

道理很浅显，然而，究竟有多少人经得起那样的痛楚？或者说，到底有多少人愿意在太平日子里承受这等痛苦？

嗯？

第二人生

远邻阿罗发来的这则电邮，让我陷入了沉思。

“阿谭：请你务必告诉我，前方的道路应该怎么走！我如愿以偿地提早退休，却发现日子竟是一张无趣的白纸。早上起来，脑子是一片茫然的白，我不知道这一天是星期几，我也没有兴趣知道。坐在家里，没有公务缠身，我想念的却是过去讨厌已极的文牍工作；独自走在街上，盈耳尽是喧嚣，我听到的却是昔日同事一串串快乐的笑声。我坐立不安，夜不成眠，觉得自己彻彻底底成了一个没用的人。上周，我去看心理医生，诊断为抑郁症，拿了一堆药丸回家，日子过得浑浑噩噩的。原以为退休后能过上天堂岁月，万万没有想到，我竟堕入了黑暗的深渊……”

阿罗在一家大公司担任经理多年，对叠床架屋的行政工作厌烦透顶，天天盼望着退休。53 岁这一年，她毅然递上辞呈，提早退休了。然而，过去她所渴求的空闲，却成了今日折磨她的“元凶”！她无法走回时光的隧道，所以，痛苦万状。

其实，阿罗罹患的，是普遍已极的“退休症候群”。

多年的职场生涯，早已将许多人转化成一架旋转不休的风车，转转转、转转转，尽管一边旋转一边埋怨，但是，当旋转变成一种日常姿势时，也就成了一种大家习以为常的生活方式了。停下，是因为退休年龄到了，不得不停。近年来，由于工作压力沉重，提早退休者也日益增多。

医药发达，大大地延长了人的寿命，退休之后，等在前面的，不是短促的句号，而是一长串延续着的逗号。这串逗号，可能是金光闪烁的，也可能是黑咕隆咚的。

未能“坐以待币”的退休者，如果不想“坐以待毙”，退休之前，一定得好好自问：我“足够”吗？

“足够”指的是：其一，你有“足够”的储蓄能够让你在退休后维持一定的生活水平；其二，你有“足够”的活动帮助你打发空白的时光；其三，你有“足够”的友伴与你共度闲暇。

如果在经济上你打算当孩子的“伸手族”、在生活上你全无嗜好、在友谊上你交白卷，那么，显而易见的，一旦退休，骤然而来的那一大片空白，便是你噩梦的开始了。

阿罗没有做好充分准备，便贸贸然从工作岗位退下来，罹患“退休症候群”，是意料之中的事。

我有一堆常见面的朋友，退休后，各自精彩。

阿萧当义工，一谈到给无依无靠的老人剪头发，她便眉飞色舞：“原本邋里邋遢的一张张脸，在头发经过修剪后，变得神清气爽，每一条皱纹都像波浪般温柔呐！”阿苏去上烘焙课，捧着新鲜出炉的蛋糕送给张三李四，处处接受别人的感动和感谢。阿策春夏秋冬去旅行，花开花谢忙摄影，开关电脑写博客，夜深上床时老是叹气：怎么光阴似箭日月如梭啊！阿莲到一所学生很乖、同事很好的快乐学府当代课老师，上课喜滋滋下课乐哈哈，连头发都长出了深深的笑痕。阿碧以爱心指导有阅读障碍症的学子，深刻体验把阳光引入他人世界的美好意义。阿冰呢，以前只会在职场上打拼，现在不同啰，她打太极、打高尔夫球，还不时到邻国去打转，将日子打发得有滋有味。阿采最潇洒，远赴南京读硕士，她神采飞扬地说："暮年不留白呵！"

这些可爱的朋友，以生活的彩笔给退休后的第二人生髹上了美丽的色彩。

道 歉

最近，两名同事为了不同的原因而先后向我道歉。

那天，刚从课室返回办公室，甲便匆匆忙忙地向我跑来，结结巴巴地对我说道："对不起，实在对不起。刚才我把一些文件放到您桌上时，不慎弄倒了您桌上的水杯！"我审视桌上的学生作业，一圈一圈散开的水迹，使纸上的字迹显得很模糊。甲诚惶诚恐地说道："就让我亲自向您的学生道歉，好吗？"我请她不必介怀，然而，她还是一再道歉，我于是一再请她释怀，她这才低声说道："我很重视您的感受，实在担心您生气，因为我很珍惜我们的友情。"

我很感动。就算她犯了再大的错，凭着这几句话，一切的不快，都会烟消云散，更何况，她只是无心之失呢？

乙呢，是为了自己的心直口快而道歉的。一日，我做了龟苓膏请同事们品尝，顺口问她："好吃吗？"她皱着眉头应道："噫，太苦了！我不喜欢。"嘿，龟苓膏这东西，就和榴莲一样，两极分化——爱它的人一想起它便神魂颠倒，怕它的人一看到它便想绕道而逃。青菜萝卜，各有所爱，这个世界之所以缤纷多彩，完全是因为人人口味不同嘛！没有想到，第二天一大清早，她便巴巴地跑来，诚诚恳恳地向我道歉："我昨天回家后，坐立不安，觉得实在对不起你，你好心好意费时费事做了那么多龟苓膏请我们吃，我非但不领情，还泼冷水地批评说太苦了。回家后想想，实在过意不去！"听着她以甜美嗓子说着的这一番话，我觉得有潺潺清溪流进了心坎深处。乙是性情中人，自觉语言如刃，误伤他人，刻意拿了绷带来为他人裹伤，尽管我全无伤势，可是，她道歉的诚意依然深深地触动了我的心。

近读中国报刊，知悉退休老人刘青日前在天津市成立了一家道歉公司，只要花人民币二十元，便能让对方享受"上门服务"的道歉方式并可获得一份温馨的小礼物。刘青表示创设公司的目的在于让两位因误会或摩擦而僵持不来往的朋友重新建立联系，化解那座看不见的冰山。他认为开业以来感受最深的是：他们受托拿着委婉的道歉信、鲜花和纪念品，送给另一方，使双方感受重归于好的喜悦，以及自己以谦卑的姿态代人道歉所学习到的柔软，于人于己都是功德一件。

这公司，我绝不光顾。

道歉，如果假手于人，诚意何在呢？再说，没有了至诚的眼神和肺腑之言，再多的鲜花和礼物，复有何用？

"对不起"这三个字，具有无穷的威力。问题是：许多人心里有它，却永远说不出口。搁着不说，渐渐地，发霉了，那份原本有转圜余地的友谊也永远腐烂了。

流沙与直升机

去年，好友阿萧卸下繁重教务，正想好好享受悠闲生活之时，却遭遇了不测之风云。

某天，她洗澡过后，头痛欲裂，呕吐不已。家人见势不对，赶紧把她送入医院，万万没有想到，一经检验，居然是脑血管爆裂！

经过一番紧急大手术之后，总算捡回一命，但半边身子却麻痹没知觉。一想到可能要在床上度过下半生，她即使睁着双眼也会尖叫着做噩梦。

让众多朋友迷惑不解的是，身材一向苗条的她，常年做身体检查，既没高血压，也无高胆固醇；再加上经济不虞匮乏，生活毫无压力，脑血管为什么会无端端爆裂呢？

在最近一次聚餐会上，大病初愈的她，娓娓畅述患病的心路历程：

"动了脑部手术后，我醒来的第一个问题便是'为什么'？为什么是我？为什么病魔不找张三李四而偏偏找上原本健康的我？为什么一点迹象也没有，脑血管要爆便爆？无数的'为什么'使我夜夜失眠。我问自己，也问医生，问了一次又一次。”

医生告诉她，对于一小部分人来说，脑血管犹如埋伏着的“地雷”，有着“与生俱来”的潜在性危险，随时随地都会在猝不及防的情况下爆裂；可是，心有不甘的她，依然还像闯入迷宫一样，在许许多多的“为什么”中兜兜转转。

终于，有一天，医生生气了，痛斥她钻牛角尖，并且，给了她一记“当头棒喝”：

“生病了，便是生病了，这是无法改变的事实。你应该问的是‘怎样才能康复’，而不是一整天于事无补地问‘为什么我会生病’！”

良医的良言，让她真正“醒”了过来。

是的是的，对于病人来说，“为何”这个问号，是属于阴暗的过去的，它会使原已痛苦万分的病人更加沮丧、更加萎靡不振。它就像“流沙”一样，会残酷地将病人一点一点地向下拉、往下扯。拉拉拉、扯扯扯，慢慢地，病人的意志力被销蚀殆尽，就这样直直直直地陷到暗不见底的人间地狱。许多罹患重症的人也同时被抑郁症折磨得死去活来，原因就在于此。

至于“如何”这问号呢，却是属于晴朗的未来的，它犹如“直升机”，能够帮助陷入困境的人脱离危险。许多看起来极不乐观的病症，就因为病人以“如何”这个明智的问号为重点，而不以“为何”这个问题自我折磨。面对现实、接受现实，想方设法寻求救治之道，最后总能“拨得云开见月明”。

阿萧的思维在转了一个弯之后，抱着必胜的决心，在服药之余，拼尽全力和医务人员配合，做物理治疗，并乐观积极地参与各式可助康复的运动，在经过了一段难熬的时光后，终于，阴云飘散，阳光再现，她行动如常，活跃如昔。

脑血管爆裂，却能在短短数月间迅速康复，人人叹为奇迹。

现在，每逢有人问起，她不再解释患病的前因后果，也不再提及生病时种种难熬的细节，只是以快乐坚定的语气劝诫他人：

“运动，一定要做运动。唯有运动，才是保健的方式。”

昨天，我拨电话给她，她家的佣人说道：

“她在打气功，不方便接电话。”

啊，这个曾经把运动当“宿仇”的好友，真是脱胎换骨了呀！

斗鼠记

最先遭殃的，是家里的肥皂——被咬得东缺一口、西缺一角，而且，还有一条一条狰狞的抓痕呐！

究竟是什么东西有吃肥皂的嗜好呢?

我百思不得其解。

接着下来，怪事频频发生。桌上的巧克力，莫名其妙地被咬掉了一半，孩子放置在房里的杯面，只吃剩一个空空的杯子。无辜的面包，也屡屡遭受粗暴的侵袭。接着，楼上楼下，这儿那儿，都留下了一小团一小团黑黑圆圆的东西。

毛骨悚然地得出了一个结论：家有鼠患。

我一向爱整洁，且到访者也常爱用“纤尘不染”这个成语来形容我的居处。万万想不到，干净如斯，居然还会引来邋里邋遢的“不速之客”！最奇的一点是：屋里收拾得井井有条，鼠辈根本没有藏身之处，而仔仔细细、上上下下地搜寻了无数遍，也鼠踪全无。看不到老鼠，它偷食的痕迹偏又无处不在，污秽的粪便也挑衅地处处遗留。苦恼变成了我心中的一团乱草，遂和朋友谈起。无巧不成书，朋友所掌管的公司最近也遭逢鼠患，那一群千刀万剐的老鼠，将他公司里的电线咬得七零八落，使他蒙受了惨重的损失。问他灭鼠秘方，他说他交给灭鼠公司去做。

问题是：我家仅有鼠患而无鼠踪，又从何灭起！

正苦恼得难以自处时，人鼠蓦然在厨房惊愕欲死地“邂逅”。那一夜，我口渴难耐，下楼喝水。灯一亮，便看到一团鬼祟的黑影不怀好意地窜来窜去，我尖叫出声，叫声凄厉，将屋外酣眠的树全都唤醒了。老鼠的惊恐绝对不亚于我，人与鼠，分头逃遁，只见它敏捷万分地爬上靠窗的壁橱，又老马识途地从窗口逃了出去，快速隐没在屋后的大丛林里。我退到了厨房门口，整张脸宛如被斑斓叶熏染过，惨惨地变成了绿色。

那鼠，黑色的身体鼓圆鼓圆的，尾巴细长而油亮，好像一个神出鬼没的“雏形巫婆”。它是鼠辈里智商超高的一只，每晚万籁俱寂时，便静静潜入我家，宾至如归似的处处乱跑，挑肥拣瘦，夜夜盛宴。饱食之后，便拖着那条仿佛可以淌油的大尾巴，迤迤然地窜返丛林的鼠窝。

我奔来扑去地买杀鼠药，然而，没有想到有剧毒的鼠药早已禁售。于是，采纳建议，买了黏鼠胶，把炒香了的花生米撒在上面，置于厨房。次日查看时，发现纸板边缘的花生米被吃得一干二净，留下了一些爪痕，而鼠踪未见。这鼠，着实狡猾得令人狂恨。当晚，换了一块胶板，又换鼠饵，把小小一片鱿鱼烤香了，放在纸板中间。次日一早，孩子大喊：“妈妈啊妈妈，抓到了哟抓到了！”冲下楼去看，那鼠，紧紧地被黏在胶板上，拼了命地想要逃，逃不了，鼓圆的身体因剧烈的挣扎而颤抖不已，徒劳无功地抖出了一圈又一圈黯淡悲凉的黑影。

横行的鼠辈，再聪明，毕竟也还是鼠辈，花样再多，依然逃不出被歼灭的厄运！

鞭　痕

那一年，我7岁，就读于怡保育才小学一年级。

教华文的章老师，是我父亲的好朋友，瘦瘦高高，走路时，背和腰，都挺得直直直直的，像一根铅笔；满腹诗书使他那张白得像一团面粉的脸透着浓浓的书卷气。

早在我入学之前，章老师便是家中的常客。他和父亲讨论的课题对稚龄的我来说，太深奥了，可是，我很喜欢他的到访，因为每回他来时，都会给我们姐弟三人带些可口的饼干和糖果。

入学之后，章老师又凑巧成了我的级任老师，我理所当然而又一厢情愿地认为他会对我另眼相看。事实上，章老师也的确对我特别和气，看到我时，镜框以内那双圆圆的眸子总不经意地闪出温和的笑意。有时，忘了带课本，章老师也没罚我站，只轻轻告诫几句，便算了事，同学们因此都把我视为章老师的“宠儿”。

那一回，章老师因事迟来，我和几位同学高高兴兴地围在一起，学折纸鹤。章老师一进课室，便提高声音说道：

“同学们，回到座位去，拿出课本来!”

许多循规蹈矩的同学都纷纷归座了，我们手中的纸鹤只差几个步骤便折成了，自然不愿半途而废。可是，师命难违，同学们一脸的意兴阑珊，正想“作鸟兽散”时，吃了豹子胆的我，居然大模大样地对同学们说道：“别听他的，先把纸鹤折完！”

有人壮胆撑腰，同学们自然敢于继续作乐了。

章老师连续喊了几声，我们置若罔闻。章老师以细细长长的藤条大力地击了击桌面，高声喊道：

“回到座位去，听到没有！”

我对同学们说道：“别理他，继续折！”

忍无可忍的章老师提着藤条朝我们这几个人走来了，可怜的我，全无“危机意识”，还喋喋不休地说、兴高采烈地玩，像足了那只仅顾捕蝉而不知黄雀在后的螳螂。

章老师走到我身旁，倏地扬起了藤条，以迅雷不及掩耳之势，狠狠、狠狠地朝我的小腿挥了过来，随着“咻”的一声，一股几乎让我承受不了的痛楚霎时热辣辣地在我的腿部蔓延开来。

在死般的寂静里，人人噤若寒蝉，身体僵直地走回座位去。

我呢，垂着头，豆般大的泪珠嘀嘀嗒嗒地掉满一桌。哭，是因为被痛苦地鞭醒了，而这一醒，便醒了长长的一辈子。

章老师挥下的这一鞭，鞭去了我自以为“背后有靠山”的那一份有恃无恐的霸气和愚昧；而留在我腿上的那一道血红浮凸的鞭痕，又使我内心因惧怕而发毛——我怕父亲发现。我清楚地知道，父亲一旦发现，一定会使我腿上的鞭痕由一道变为一双的。清醒以后的惧怕，使我在漫长的一生里深切地懂得了自律之道。

时代不同，观念迥异，教育当然也应该因时制宜地做出相应的改变，然而，对于屡劝不听的“死硬分子”来说，体罚，也许还是最好的方式。

一树满是蛀虫

书到用时方恨少，现在，莘莘学子视写作文为苦差，原因就在于平时绝少涉猎课外读物，患上了“词汇贫乏症”，下笔为文，错字别字，多不胜数。如果将文章比喻为树木，那么，这些由学生所种植的“文字树”，都是枝瘦叶凋、满是蛀虫的。

对着被虫蛀得千疮百孔的这一棵“文字树”，“孺子牛”应该如何着手杀虫呢？有些老师，在把“蛀虫”揪出来之后，会一板一眼地把正确的字工工整整地写出来，再嘱学生抄一百遍，借以加深印象，巩固基础。我曾亲眼看过学生苦着脸先把左边的偏旁写上一百次，再气呼呼地填上右边的偏旁——以这种类似画图腾的方式来改正错字，是全无实效的，纵是写上千遍，依然记不进脑。

最近，上海大学李白坚教授在以“快乐的课室”为题的教学研讨会上，讲述了一则有趣的小故事。

有一回，他孩子（下称“小白”）的老师召他到学校去，向他投诉小白的作文错字连篇。他深感汗颜，接下来的日子，小白每篇作文在呈交以前，他都细细检查过，挑出错字，加以改正。他没有想到，这样做，其实是错误地代孩子扛起了原属于他的责任。结果呢，孩子一上考场，便原形毕露，错字多得一塌糊涂。李教授汲取了教训，从此改变方针，积极训练小白对自己的错误负起全责——审阅他的作文时，只明确地告诉他有几个错字，嘱他自己去找、去改。孩子在寻寻觅觅、修修改改的过程当中，也就能够“刻骨铭心”地记住自己的错误，永不再犯了。有一回，李教授指出作文里共有5个错字，小白找来找去，只找到4个，李教授硬是不肯代劳，小白找了又找，找了再找，找到累了上床睡觉时，还是找不着。有趣的是：到了晚上十一点时，小白房里原本熄了的灯突然又亮了，李教授探头一看，发现辗转难眠的小白居然又翻出了那篇作文，左看右看细细看，企图将隐藏着的那个错字揪出来。李教授语深意长地说：“我把责任还给他，他知道背后无山可靠，只能靠自己去努力；长此以往，终于有了长足的进步。”

我想，李教授尝试告诉我们的，是一个“放诸四海而皆准”的道理：与其把鱼送到孩子面前给他吃，不如教会他钓鱼之道；与其代学生把“文字树”的蛀虫抓出来，不如教会他们灭虫的方法。

方块字，形象生动，结构优美，有时，看到学生胡写一气而糟蹋了充满图画美感的中文字，我就会在心里暗暗道歉：

“仓颉先生，对不起！原谅我教导无方！”

不易水

在一本杂志上读及台湾经济部水资源局发给民众的一则文告，十分有趣，而且，饶具意义，特抄录如下：

“水是维持生命所必需的物质，是活命的根源，但它绝对不是‘自来’的。生活用水一点一滴来之不易，在欧美，人们称之为‘给水’，含有赐给之意。在日本，人们称之为‘上水’，含有高级、珍贵之意。反过头再看看我们，天天用水，对它却未曾心存感恩、爱护和珍惜，反而称它是‘自来水’，以致大家在生活上不知爱惜它，浪费而不自觉，造成今日年年缺水的窘境。我们为什么会称生活用水为‘自来水’，现在已无从了解，然而问题严重的是：‘自来水’一词已深入民众潜意识之中。为了唤醒大家对生活用水的再认识，我们应当还给它一个名副其实的名称——‘不易水’，借此时时体悟它是我们活命的水，进而珍爱它。”

这则文告，表面上谈的是人们任意挥霍“自来水”的那种“暴发户”似的行为，实际上，往深处去看，它指出了一个极为严重但普遍为人所忽略的现象：年轻的一代把先人植树所带来的阴凉看成是理所当然的舒适而心中全无感恩之意。他们完全不知道，一扭开水龙头便有晶亮洁净的水流出的这种至高便利，是先辈披荆斩棘刻苦努力了许许多多年所带来的美好成果。他们幼稚而盲目地以为眼前的一切繁华璀璨都是“自来”的。

这一种心态进一步恶化的结果是：在学校里，他们把获得的优异成绩看成是自我努力的成果而无视于老师“鞠躬尽瘁”的教导；此外，他们亦将父母含辛茹苦的抚育当作是应尽的责任，“反哺”纯然是个陌生的名词。

曾与一位青年才俊谈及奖学金得主毁约的道德问题，他“理不直而气极壮”地应道：“毁约，是要赔款的，赔了钱，不就扯平了吗，哪里还存有什么道德问题!”他把报上连篇累牍的议论看成是小题大做的无稽之谈。

同事林瑞静最近也说了一则引人深思的小故事。

她问一位学生：“有一天如果你忘了带皮包来上课，没有钱吃饭而老师知道以后，主动借了你五块钱买饭吃。第二天，你将五块钱还给老师，那你还欠老师什么吗?”那位学生想也不想，便答道：“借钱还钱，两不相欠啦!”瑞静一听，便摇头说道：“错了，尽管在数学原理上，五减五等于零，但是，在现实生活中，答案绝对不是零——学生还了钱之后，还欠老师一份人情。”

“五减五并不等于零”是一个美丽至极的道理，懂这道理者，是幸福的，因为一个珍惜缘分和懂得感恩的人，往往是一个活得怡然自在而又恬适快乐的人。

两个典型

我是个无可救药的路盲，虽然有车，但因为认不得路而得时时搭乘计程车。这天，碰上一位谈兴极浓的司机，便问道：

“新加坡街道大大小小那么多，你怎么记得呢？认路，是不是你训练课程的一部分？”

“训练课程？”他一听便哈哈大笑：“单靠理论，有什么用？就算你把路的指南背得滚瓜烂熟，也不能确保在最短的时间里把乘客送到指定的地点去，因为有些建筑，藏在小小的巷子里，路的指南根本没有标出，刻意找它，费时费事，有时，还得绕上许多冤枉的圈子呢！”

这样不愉快的经验，我的确有过，所以，频频点头。

他再次开口时，语气变得十分严肃：

“学东西，单靠脑子记是不行的，必须用心学才行。我驾车时，眼睛不单单要向前看，左边右边，我都得注意，看标志、看建筑，然后，记在心上。不是我夸口，新加坡大小街道有些什么机构，我大致知道。乘客上车，不必说地名，只要告诉我，他要到哪个机构去，我便能准确无误地把他送到。”

他的自信，是靠长期不懈的努力换来的。

那一天，在那长约四十分钟的路程里，他当了我“循循善诱”的“导师”，把那一长段路的发展历史、建筑特征、各大机构的分布情况，一一如数家珍地介绍给我。我真心诚意地称赞他了解得透彻，他受之无愧地应道：

“不管做哪一行，都得有上进心才行呀！”

过了几天，我搭乘另一辆计程车，司机同样谈兴极浓，可是，句句都是牢骚，大事小事都不满，好似全天下的人都欠了他的债。我听着听着，恨不得耳朵生出一层厚厚的茧，把他类似喃喃自语的投诉挡在耳外。听呵听，此刻，他正恨恨地说道：“有些乘客啊，自己不懂路，又以为我想骗他，口口声声地说我走远路，我就对他说：你去投诉我吧，去啊去啊，以为我怕你吗？他妈的！”我赶紧换了个话题：“如果你碰上了乘客要去的地方碰巧你又不知如何去，怎么办？”他从望后镜瞅了我一下，才说：“我就叫他带路啰！”天呀，这样欠缺专业性的回答！我又问：“如果他不懂路呢？”他毫不犹豫地说：“我当然就叫他下车啦！”我骇然惊问：“你为什么不查路的指南？”这时，他说话的口气充满了不耐烦：“什么指南指北，那样的东西，我不会看啦！”

从事同样的行业，却有着截然不同的态度，我上了人生很宝贵的一课！

人生隧道

记得非常非常清楚，那一天早上，在印度的新德里，旭阳透过了薄薄的窗帘，在旅舍的桌面上铺陈出一片金黄的温柔。桌上搁着一面大大圆圆好像锣鼓一样的印度煎饼，我一边慢慢地以手撕食，一边闲闲地翻阅新德里当天的报章。正当我双眸忽左忽右忽上忽下地浏览着大大小小的标题时，一则不算瞩目但感觉上惊心动魄的新闻忽然紧紧地攫住了我的目光。

新闻的内容是：有一名印度人，抵受不了极端贫穷的折磨，躺在火车轨道旁边，将一条手臂僵直地搁在轨道上，让呼啸而来的火车硬生生地将他的手臂辗断，借此增加日后行乞的“价码”。

读毕，冷汗涔涔而下。

为了饱腹而进行残酷已极的自我戳害，世间还有比这更为悲惨的事吗？这样一种“苟且图存”的方式，是多么的无奈、多么的不堪呵！

最近，看到新加坡接二连三地有人跳地铁轨道自杀，唏嘘慨叹之余，不禁回想起多年前在印度旅行时读及的那则新闻，两相比较之下，蓦然发现：在轨道上自断手臂者，不管有多少值得非议的地方，我们却还是不得不同意，他那种“好死不如赖活”的心态，的确显示了他不为人知的另一面“坚强”。

自杀者往往有一千零一个结束生命的“好”理由，而每一个自杀者都坚信自己已经走上了“不得不死”的绝路，就在这种自以为“转圜无路”的盲点上，他亲手撕毁了到“地球村”来旅行那张价值连城的“单程票子”；然而，一切的一切，并未如他所料地画上了句号，反之，他在阳间留下了一大笔永远无法偿还的“感情债”，不论他上天或下地，这一笔“债务”都会沉沉地压在他背上，让他难以超生。

过去，在一所中学教书时，我便碰上了两宗学生自杀的惨事。年轻的生命无声陨落固然叫人扼腕叹息，然而，更令人心碎的，是学生父母整颗心被撕裂而鲜血直淌的痛苦。看到一寸一寸含辛茹苦地拉扯大的孩子在转瞬间灰飞烟灭，那种摧心蚀骨的痛，是终生难释的。

曾经几度去日本旅行，坐长途火车，常常得经过很长很窄的地底隧道。有些隧道，一丁点儿亮光也没有，让人在恍惚间产生了一种恐怖的错觉，以为自己不慎掉进了“死亡幽谷”。那种比死还要绝望的黑，好似无止无尽地延伸到一个长长长长的、没有尽头的地方，这种错觉着实令人不寒而栗。可是，不管隧道有多深、多长、多黑，火车迟早一定会来到隧道的出口，然后，一圈圆圆的、亮亮的光，就静静地伫立在出口处。我从来、从来就不曾碰到过没有出口的隧道。

人生，也是一样的。所有的伤痛、挫折、失意、失败，都只是“黑暗隧道”的一部分，咬紧牙根，忍、忍忍忍、忍忍忍。忍着忍着，然后，你便会豁然发现：一切的苦难，犹如落进泥土里的雨一样，痕迹不留。抬头望天，啊，一片蔚蓝。上述这些话，不是无关痛痒的纸上谈兵，也不是象牙塔中的无谓呓语。我本身在遭逢一些难以化解的痛苦时，便常常以此成功地自我开脱。

“车到山前必有路，船到桥头自然直。”

是真的，真的啊！

以讹传讹

多年来在外旅行，曾不止一次被人追问许多全然没有事实根据的问题，诸如：

“听说在新加坡嚼香口胶是犯法的，是真的吗？”

“听说新加坡连厕所都装有监视器，严防人们大便后不抽水，是真的吗？”

“听说在新加坡乱过马路是要坐牢的，是真的吗？”

“听说新加坡人去邻国买汽油是得挨鞭刑的，是真的吗？”

是真的吗？是真的吗？是真的吗？

面对这些无稽的问题，我只言简意赅地答：

“是假的。”

最近，到中国去旅行。

在晚宴上，一位初识的文化界朋友突然问我：

“我听说新加坡到处都安插了秘密警察，监视人们的一举一动，每个人都活得战战兢兢、如履薄冰，大事小事都不敢掉以轻心。据说有时朋友间的闲谈被监听了，也会惹来许多无谓的麻烦，是吗？”

整桌人都安静地等着我回答，我只好耐着性子解释：

“真实的情况恰恰相反，新加坡的警察，相当于中国的公安，职责就是维持社会的秩序和维护治安，使人们的性命和财物都得到保护，给人们提供一个安全、安定而又安心的生活环境！”

他满脸都是未被说服的疑虑，但又觉得大家交情尚浅，不宜当众为这事没完没了地进行辩论。

过了几天，我们又在一场文化活动上碰面了。这一回，他有备而来，将一本杂志递给我，说：

“请您读读第 37 页那篇文章。”

我接了过来，那是出版于 2009 年 1 月份的一本杂志，杂志的名字是“特别关注”，那篇题为“监督无处不在”的短文，被列在“天下事”的栏目里，全文如下：

“一天，我到新加坡的一家小餐馆吃饭，我点了爱吃的海南鸡饭。刚尝了一口，就觉得有点咸。我把服务员叫过来，抱怨说：‘你们的饭怎么这么咸，想咸死人啊！’

饭当即被端回去重做。大概十几分钟后，餐厅的门被推开，几个穿白色制服的人走进来。邻桌的一位食客站起来，主动向他们招手。原来，这位食客听到我的抱怨后，向有关部门举报。他指着我说：‘刚才这位小姐说饭太咸了，要咸死人。我担心这家餐馆用的是工业盐。’

我和举报者以及餐馆老板一起被请到卫生部门，那几位穿制服的人还没收了餐馆所有的盐。我心里抱怨那位多管闲事的食客，我不过是埋怨一句，他就闹出这么大的动静。事后我才知道，我的那句埋怨让餐馆损失了 6 000 新元。餐馆的厨师贪便宜，购进不合格的食盐，也被卫生部门追究了责任。

从这件小事来看，新加坡社会秩序好、犯罪率低，是情理之中的。”

读毕，哑然失笑。

文章虽然旨在表扬“新加坡社会秩序好、犯罪率低”，但是，内容实在荒谬得不值一哂，纰漏处处，破绽百出，一切都是子虚乌有的。

文艺创作，天马行空，允许虚构、允许想象，令人感到遗憾而又可怕的是，这则作品，不是以文艺创作的形式呈现的，而是属于“实话实说”的新闻报道，而且还是以第一人称的方式写成的。作者企图以“亲身经历”为噱头来增强它的可信度。

更令人惊心的是：这则新闻报道的尾端还有一行字，清楚注明转载自2008年第11期的《女子文摘》。

如此转载又转载、摘取又摘取，这种“毫不确实”的“实情”便像蒲公英的种子一样，处处飞扬播散，以讹传讹的结果是，连智者也听信了。

笔，是有无穷力道的。

歪用它，制造“赝品新闻”，是会毒害无数读者的。

出轨的筋

筋。

一条筋。

区区一条筋而已。

而我，竟被它折磨得死去活来。

那一回，夜半醒来，头颅重若千斤，汹汹地痛，偶一转动，那痛，竟由肩膀、颈项，一直、一直蔓延到手臂。初而麻麻辣辣的，好似蚂蚁钻进了身体里，这里咬咬、那里叮叮，十分难受。原本以为只是暂时的现象，没有想到，过不了多久，那种麻辣的感觉，居然变成了叫人龇牙咧嘴的酸痛，就好像有人用锯子一下一下地在锯我的骨头。我忍，忍忍忍、忍忍忍，当一波一波犹如“细水长流”般的酸痛在体内化为“滔天巨浪”时，原本尚可忍受的酸痛，就演变成了凌迟般的剧痛，整条手臂，好像废了一样，根本举不起来。深更半夜，叫天不应，呼地不灵，除了默默忍受，我还能怎样！

咬紧牙关，忍到天亮，火速扑去看西医，医生问明原委，配了“松筋药”和止痛药剂后，说：“许多长年使用电脑者，由于坐的姿势不正确，都患有背痛症；而长期不正确的坐姿，是会加速脊柱的耗损的。所以，切切记得，在电脑前工作，最多半个小时，便得起身走走，伸展伸展手脚，做一些简单的软体操，预防胜于治疗嘛！”

止痛药硬生生地把尖锐的剧痛压下去了，可是，两条手臂，却依然绵软无力；更糟的是，药性一过，剧痛便卷土重来。

听从医生的劝告，每周一次，进行物理治疗。然而，遗憾的是，进展极为缓慢。痛楚，无时不在，我寝食无心，晚上甚至必须依赖安眠药或烈酒入眠。

一段日子过后，我还是被那痛楚折磨得恍恍惚惚。改看中医，中医听过症状，便果断地说：“背部的筋扭歪了。”

和西医的诊断不谋而合的是，中医亦认为背部筋脉“出轨作乱”的罪魁祸首是“长期不正确的坐姿”。中医医师以灵活的十指在我的颈项、肩膀、腰背间对筋脉发狠地抓、捏、按、掐、扭、推、拿，我痛得眼前闪现一圈一圈的黑影，只差没有尖声高嚷而已。之后，又以拔罐的治疗方式促进背部的血液循环。

回家以后，皮痛、肉痛，筋也痛；坐也不是，躺也不行，几经折腾，勉强入睡。

天亮起来，痛楚犹在，可是，颈是颈，肩是肩，臂是臂；颈能转、肩能抬、臂能动。状况大有改观。

我于是每隔两三天便去做一次推拿和拔罐，如此这般持续了两三个月，终于摆脱了那犹如水蛭一般死死地纠缠着我的背痛。

啊，筋。

一条筋。

背部区区一条筋而已。而我，竟被它折磨得死去活来。

平日，身体正常运作时，我从来就不曾注意过背部的筋脉，我更不可能知道，当它“失常”时，会牵连其他的部位。

对待健康，我们常常像个“暴发户”，毫无理性地任意挥霍。最糟糕的是，我们还误以为自己所拥有的，是永生消耗不完的“金山银库”；一旦健康银行出现“赤字”，后悔已太迟。

健康和金钱是一样的，你想要有花不完的银子，你就得作一定的努力。

发绿光的眼睛

每回在电视上看到有关“竞食”的新闻，难过的感觉，总是难以遏制地泛上心头。

闪着油光的汉堡包在眼前堆积如山，吃的那个人，眼露凶光，张着血盆大口，食不知其味地把原本美味无比的汉堡包拼了老命般地往口里塞，塞塞塞、塞塞塞，塞得上气不接下气，塞得双目暴突而青筋暴露；吞吞吞、吞吞吞，把胃囊填成一个圆圆的鼓，把肚子胀成一个一触即发的大气球，方才偃旗息鼓，鸣金收兵。

实际上，在整个大塞大吞的过程当中，他根本不是一个有生命的个体，而仅仅是一个装收废物的超级垃圾桶罢了！食物，没有经过慢嚼细咬的品尝过程，便惨惨地被抛进了暗无天日的“垃圾桶”里！

这是名副其实的“暴殄天物”，这是对粮食的一种亵渎。

最近，我又在一个以“厌食症”为题的电视节目里，看到了另一类糟蹋粮食的人。

爱美已成病态的少女，在吃下了美味佳肴之后，跑进厕所，以手指挖喉，大呕大吐。可怜的粮食，在转化成身体的养分之前，就已莫名其妙地被驱逐出体外了。近读由世界宣明会所出版的杂志 *World Vision*，披露了目前全球在发展中地区的人，有八亿四千万人因为缺乏足够的食物，长期营养不足；而在非洲撒哈拉地区，接近四成人口长期营养不足。专家甚至预测，到了 2007 年，非洲撒哈拉地区将会有三分之二的人口缺乏足够的食物，而全球将会有两亿儿童由于膳食营养不足，以致发育迟缓，甚至在健康上受到一定程度的损害。

在非洲旅行时，最震撼我的，是那种无所不在的贫穷。生活的素质荡然无存，人们唯一，却往往又达不到的要求是“饱肚”。

我曾进入深不可测的撒哈拉大沙漠与游牧民族共住帐篷，主食是烙饼，而生活中最大的奢侈品是“盐粒”，每天只要有大片的烙饼，撒上犹如水晶般闪亮的盐粒，便是最大的满足了。孩子腹部全都圆圆大大的，圆得不可爱，大得失去平衡。肚子圆大，不是因为饱食，而是因为缺乏营养。

曾在肯尼亚的土著村庄里，我看到许多因为长期饥饿而变得瘦骨嶙峋的小孩，对于他们来说，也许过了今天就不知明天会不会来。饥饿的人，最可怕的是眼神。那就是一种幽幽地发着绿光，穷凶极恶的眼神。

刚才，在电视节目里，又看到了穷极无聊的“竞食”节目。这回，竞食的是面条。长长的桌子上，放着一碗又一碗闪着黄金般亮泽的面条，参加者双目幽幽地发着绿光，穷凶极恶地扒着碗里的面条，吸吸吸、吮吮吮，此刻，他不是一个有生命的个体，仅仅是一条吸力强大的吸管……

同样是地球村的子民，饥饿的人有要求吃饱的权利；然而，饱食的人又哪来的权利如此恣意糟蹋粮食呢？

变为一根羽毛

一向把运动当成“宿仇”的我，终于找到了一种能让我持之以恒的保健方式。那就是瑜伽。

瑜伽是印度的一种传统健身法，对瑜伽一窍不通的我，一开始接触，便能向在印度班加罗尔（Bangalore）享有盛名的瑜伽大师 Pandit Satish Guruji 拜师学艺，是极为幸运的。

把他请到家里来，进行一对一的指导。

Pandit5 岁开始学瑜伽，他表示师承是非常重要的，他自己过去就曾因为暗中摸索而走了许多冤枉路。在学瑜伽时，强调的是呼吸的规律，讲求的是姿势的正确，如果做错而不自知，就算每天花上许多时间去练习，也是徒劳无功的。

他指出，瑜伽是一种天地宇宙和身体心灵相互结合的活动，吸纳天地之大气，转化为身体与心灵的养分和精华，使天人合一、身心平衡，从而达到强身健体、心灵净化的效果。瑜伽的最高境界是让整个人变成一根轻飘飘的羽毛，没有压力、没有烦恼、没有困扰，一颗心，充满了平和、喜乐、安恬。一个深谙瑜伽之道而又日日勤练瑜伽的人，不但百病不侵，而且，具有钢铁般的意志力。打个生动的比喻，在冬天，这人，单穿背心与短裤，坐在冰封雪飘的大地上练瑜伽，也将丝毫感受不到那彻骨的寒意。

Pandit 在印度就曾在广大的群众前做过一个试验，他在一个巨型的冰箱里坐了足足两个小时，等他从寒气砭骨的冰箱里钻出来时，伫候在外的医生为他量体温，发现他的体温和进去冰箱前没有两样，这时，围观的众人心服口服，发出如雷欢呼。他也曾试过在深海底下练瑜伽，在锻炼身体的同时，也磨炼了意志。

谈起瑜伽，许多人都会不约而同地提及类似杂技的种种高难度动作，而这些千奇百怪的姿势，有时是会让人对瑜伽望而却步的。

对此，Pandit 澄清这是他人对瑜伽的误解。他表示，瑜伽有成千上万种，不同年龄层的人，该练习的瑜伽都有所不同。一般而言，瑜伽具有储集能量、调适身心、强化五脏、净化精神、增强免疫力的作用。不过，由于各人体质不一，健康情况迥异，而瑜伽又具有特殊的医疗效果，因此，严格来说，他认为每一个人所练的瑜伽都应该是根据个人情况而量身定制的。

Pandit 身体力行地为我设计了一套瑜伽法，他信心十足地说：

“你只要勤于练习，一个月，只要短短的一个月，你便可以感受到显著的效果了。”

在他的指导下，我按部就班地开始了瑜伽练习。

起初，错误百出，就连最基本的呼吸法，也和瑜伽背道而驰。他说：“吸！”我一吸，肚子便习惯性地往内收缩，他耐心解释：“吸纳天地之气，运转于五脏六腑之间，你若收紧了肚子，大气将往何处去！”掌握了基本的“呼吸之道”后，我跟随着他，一个一个动作亦步亦趋地练，集中心神，全力以赴地练，练练练、练练练，许多原本做不到的动作，一再练习之后，不但得心应手，而且，还能长时间地持续呢！最令我惊叹不已的是，其中有两招，是静坐不动的，可是，单单靠着急速的呼吸法，居然汗如雨下，浑身湿透！有些动作，表面上看起来简易不过，然而，做起来却吃力万分。

管中窥豹，纵然我学的只是皮毛中的小皮毛，然而，瑜伽的博大精深，却使我深深震撼；在方圆几尺的小范围内，练瑜伽的人，仿佛拥有了一整个辽阔无边的世界。

Pandit 微笑地说："我为你设计的这一套瑜伽，可以持续让你练到一百岁。"

我想，学会了这一套瑜伽保健法，就算一涨再涨的医药费持续再涨，对于他日成为百岁人瑞，我心无惧意。

圆梦的翅膀

台上，亮晃晃的灯光打在她美丽得毫无瑕疵的脸上。这名身材高挑而仪态万千的女子姜馨田，就好像是一轮骤然从山里跳出来的太阳，四射的光芒扎得人眼睛发痛。台下数千名观众，绝对没有想到，在21年前，当她还不满周岁时，被诊断为失聪儿，绝望透顶的母亲曾把她抱在怀里，悲痛难抑地走向大海。咆哮的大海掀起的巨浪打湿了婴儿的双脚，婴儿尖锐的哭声唤醒了母亲混沌的意识。在乍然醒过来之时，身为音乐教师的母亲，噙着眼泪，痛下决心：即使女儿永远听不到声音，她也要设法把悦耳的音符嵌入女儿的生命里。

此刻，这位绝处逢生的女子，以独特的手语对大家“说”道：

“生命，总是有梦的，哪怕是一棵受伤的树，也要献出一片绿荫，哪怕是一朵残缺的花，也想献出全部芬芳；今天，奉献给你们一场非同寻常的演出，你们即将看到的每一个舞蹈，都是我们心灵深处搏动的节奏，你们所听到的每一首乐曲，都是我们血液中流淌的歌……”

她的话，为中国残疾人艺术团历时两个半小时的表演《我的梦》拉开了序幕。

呵，从来、从来不曾有任何一场歌舞表演如此深刻地打动我的心，一次又一次，我在无言的撼动中，感动而又激动地把双掌拍红。

金元辉天生失明，他没见过亮光，不识乐谱，凭着天赋，2 岁弹琴，5 岁登台，乐曲过耳即能弹出。那晚，贝多芬的《月光奏鸣曲》在他灵活的十指下，如水般潺潺流泻，在观众心里铺陈出一片片醉人的温柔。

黄阳光生于广西山寨一个瑶族家庭里，5 岁那年因电击而失去双臂。他以脚代手料理生活，从事耕耘，闲来还绘画编织。后来，从山野走上舞台，把明媚的阳光和田园的芬芳带入了表演的天地里。在《秧苗青青》这支充满了动感的舞蹈里，看他敏捷万分地挑着扁担，蹲、坐、起、跃，扭、转、摇、摆，轻盈得像只小鹿，活泼得像只羚羊。

张佳欢出世时，医生沉重地叹息："她脊椎肌肉萎缩，最多只能活上一两岁……"；然而，迄今 15 岁的她，却在生命之页屡屡谱写奇迹，她无法站立，却能在大海里游动如鱼；她没进校园，却靠自学修读大学课程；她学英语、德语、意大利语，只为了能以多种语言演绎异国歌曲。当晚，她以英语演唱的两首歌曲《雪绒花》和《歌剧院里的幽灵》，音域宽广，歌声甜美得仿佛淌着蜜汁。当她神采飞扬地引吭高歌时，轮椅上那萎缩的身子，高大一如巨人。

最绝的是艺术总监邰丽华，2 岁那年因发高烧注射链霉素而导致失聪，上聋哑小学时，受律动课老师的影响，爱上了舞蹈。在《白舞鞋——我的自白》一文里，她忆述自己曾发狂地渴望拥有一双白舞鞋，可是，为了带她治病，母亲辞去了工作，全家四口只靠父亲微薄的收入过活。父亲洞悉她的愿望，在她 7 岁生日时，给她买了一双舞鞋。欣喜若狂的她，怕踩到地上弄脏了鞋子，就在床上跳啊跳的。为了练舞，她全身跌得青一块紫一块的，为了不让妈妈担心，长年穿着长裤来掩盖身上的伤痕……

这晚，她的独舞《雀之灵》，确实已臻于艺术的化境，双臂柔若无骨、身体软如云絮；舞姿轻灵、轻盈、轻俏、轻巧，如深山的月光、如树梢的微风、如小巷的晨曦、如荷叶的圆露。那种精湛已极、细致已极的美，让人如饮甘醇，醉得难以自抑。

成立于1987年的中国残疾人艺术团，以隽永的表演艺术，为残疾者寻找失落的尊严，建立健全的信心；实现原属奢望的梦想，打造辉煌的前景。

站在台上的每一个表演者，背后都有着一个流满了眼泪的悲酸故事。他们原本是不幸的，但是，他们的双亲，以厚重如山的爱，为他们铸造了一只无形的翅膀，而他们所生长的社会，又以宽阔如海的胸襟，为他们塑造了另一只翅膀。

这双翅膀，带他们飞越了重重的难关，让他们在艺术的殿堂里，展现了生命的价值。

尊重与教育

“师生关系，是校园安全的生命线。”

中国当代极具影响力的教育家孙云晓教授，最近受邀到新加坡讲学时，说了以上那句掷地有声的话。“水能载舟，亦能覆舟”，师生关系好，能挽救许多处于悬崖边缘的生命，然而，师生关系处理不当，亦能摧毁如同嫩苗般的生命。

孙云晓教授说了发生于中国的两个真实的例子。

一位中学老师，在辅导一位女生时，对她说：“你成绩这么差，又长得这么难看，以后连坐台小姐都当不了！”女生不堪侮辱，当天就从高楼跃下，花季生命猝然凋萎。另一位老师，在班上高声读出一位学生的情书，结果呢，女生受不了同学的嘲笑，亦惨惨地给宝贵的生命画上了句号。

孙云晓教授振聋发聩地说道：

“没有尊重，就没有教育啊！”

他的话，让我忆起了几个月前发生于中国的那一宗惊心动魄而又惨绝人寰的血案。祸源，便是教师不当的言行。2012 年 2 月的广州杂志《家庭》，就为此而作了一项专题报道。

这年7月，河南省一名品学兼优的学生卢志国被人残酷地谋杀了，凶手竟然是他的同班同学——年仅18岁的陈群！更让人瞠目结舌的是，陈群杀死卢志国，居然是为了报复他的班主任李慧贤老师！

警方经过抽丝剥茧的调查后，展示了令人痛心疾首的真相。

李慧贤的儿子卢志国在升读高中时，成了妈妈班上的学生。开学时，卢志国的同桌是陈群。他俩同是漫画爱好者，又同样喜欢打篮球，很快便结成了形影不离的好友。

第一个学期结束时，陈群成绩极差。李慧贤在约见家长时发现，陈群父母早已离婚，滥赌的父亲不但不给赡养费，赌输了还不时向母亲借钱。

李慧贤担心儿子卢志国“近墨者黑”地受到恶性影响，荒废学业以致进不了大学，因此，开学后，她刻意将卢志国和陈群的座位调开了，希望他们因此而疏远彼此。然而，她不久后发现，他俩在课余之暇依然在一起画漫画、打篮球。

李慧贤气不过，决定让陈群出丑，以彻底切断他与儿子的友谊。此后，在班上，一有较难的问题，李慧贤便故意指名他回答，他答不出来，她便当众用各种刻薄的言语羞辱他。原先开朗的陈群变得沉默、变得抑郁，成绩也下滑得更厉害了。

有一回，陈群的父母在离校不远的地方为了借钱的事而争吵，凑巧被李慧贤碰见了。次日，李慧贤便当着全班学生的面抖出了陈群的父亲是赌鬼一事。陈群觉得李慧贤老师这么做，等于是把他的衣服全部剥下来示众，他的内心燃起了炽热的仇恨之火。

接着，有同学的手机被偷了，李慧贤刻意制造一个假象，让大家误以为偷窃者就是陈群。陈群努力为自己辩白，但李慧贤尖酸地说道："如果你没有做贼，就不要心虚……"后来，校方查出了偷窃者另有其人，但是，李慧贤对于被冤屈的陈群竟没有一言半语的道歉。

长期饱受精神凌辱的陈群，萌生了杀害李慧贤的念头，然而，转念又想："不，我不能让她太痛快了，我要打伤卢志国，让她倍感痛苦！"

他连同两名朋友，约了卢志国出来，在一所屋子里，用绳子捆绑他，再用大木棍狠狠地殴打他，最后，为了阻止他呼救的声音传到户外，竟然狠狠地勒死了他！

陈群，这位案发时还不满18岁的少年，被法院判处无期徒刑。

李慧贤老师错误地以伤害其他孩子的方法来保护自家的孩子，结果，一条生命永远陨灭而另一个青春正当的少年却得在黑暗而冰冷的牢房里度过余生，她自己呢，也永生陷入了万劫不复的痛苦深渊里。

没有尊重，就没有教育。

当个人的尊严受到严重的摧残时，自伤和他伤是必然的结果。

教育工作者不可不明察啊！

忍

仓颉造字，显示了无与伦比的大智慧。

就以“忍”字来说吧，不但形象生动，而且，饱饱地蕴含着人生的哲学。瞧，尖尖的刀口，闪着凌厉的寒光，正正地对着你的心叶，如果你不顾一切地扑过去，结果一定是“白刀子进，红刀子出”，血溅四处；倘若你能忍、你肯忍，吸一口气，退一步，再一步，你便会发现，你离开那刀口，愈来愈远，愈远愈安全。

曾有新闻记载：在新民工业区组屋楼下，有一位名字叫作吴振文的计程车司机在楼下和朋友下棋，素不相识的男子莫汉在邻桌和朋友喝酒谈天。双方各得其乐，河水不犯井水。后来，莫汉的朋友先行离去，莫汉用手机讲话，声音超大，又满口粗言秽语，吴振文下棋的心绪受到干扰，便生气地叫他小声一点。莫汉不满，抄起啤酒瓶，气势汹汹地朝他走去，吴振文使尽力道将他推倒在地。莫汉爬起身后，匆匆离开。旋踵间又执刀返回现场，狂砍吴振文。

事后，莫汉因为蓄意伤人罪而被起诉。他在法庭为自己辩解，当晚他对着手机大声嚷叫，是因为女友擅自堕胎，导致他情绪失控，才会鲁莽伤人。莫汉最后被判入狱两年半。吴振文呢，伤口剧痛，历久不愈；更糟的是，刀伤波及声线，无法说话，不但丢了工作，还患上了抑郁症。

两败俱伤的典型例子。

赵瞳所撰写的题为“吴彦祖：旅程比电影更精彩”（刊于2010年10号的《读者文摘》）一文，报道了著名演员吴彦祖的一桩逸事。这桩事刚好和上述事件相似，但因为处理方式不同而有了迥然而异的结局。

那一回，吴彦祖到欧洲旅行，在火车上，有名半醉的汉子双手挥舞着公仔，不断前来挑衅，要和他打架，浓重的酒气连连喷到他脸上。按照他过去的性格，早就一拳结结实实地打到醉汉脸上去了。但是，岁月磨炼了他，他忍着心中的怒火，以友善的态度化解了挥到眼前来的掌风拳影。结果呢，醉汉慢慢冷静下来了，这时，吴彦祖便试着和他交谈，问他紧抓在手里的公仔，是不是蕴藏着什么特别的故事。醉汉颓然表示，这是他为两个女儿买的，但因为某个无法明说的理由而回不了家，礼物当然也就送不出去了。在极度郁闷之下，他想借助酒意找人打架以发泄愁绪。吴彦祖对他说：“公仔交给我吧，我代你寄。”醉汉满脸的杀气顿时烟消云散，他态度温顺地向吴彦祖一再道谢。吴彦祖遵守诺言，把公仔寄出后，竟意外地接到醉汉妻子的来函，信中除了感谢吴彦祖对素昧平生的醉汉给予温暖的帮助外，还坦白地揭示了醉汉有家无法回的隐情。原来啊，醉汉是逃亡在外的杀人犯！

吴彦祖表示，他过去也曾有过好勇斗狠的时光，可是，发生在火车上的这桩事，却深刻地教会了他：和平与爱，比武力和拳头更加有力量！

小不忍，则乱大谋。

忍一忍，风平浪静；退一步，海阔天空。

忍，既是一种修养，也是一门学问。

我们不必承受“打落门牙和血吞”的耻辱，但是，我们应该有足够的智慧通过“忍字诀”来闪避别人无缘无故地挥到眼前来的拳头。

当你浑身熠熠地散发着“百忍成金”的亮光时，你实际上也挽救了那个内心痛苦不堪而正摩拳擦掌地寻找不正常发泄渠道的人！

不肯忍、不能忍，有许多时候，必须以付出一生的幸福为代价，包括自己的，还有，家人的。

然而，话说回来，在职场上，即使温驯如绵羊者，忍也要有底线。那些仗着权势而以上欺下者或者恃着靠山而以下犯上者，必须明察，忍到极限的反弹力道，是极为可怕，也是无可抵挡的！

惜　字

当我在中国成都附近的洛带古镇看到那高达十米的“字库塔”时，不由得浮想联翩：啊，一个一个姿彩动人的方块字，练就了长生不老之术，以青春永驻的容颜，住在巍峨雄伟的高塔里，一住便是长长长长的五千余年。其中几千个生性好动的小精灵，相约到外面逛游，结果，乐不思蜀，觅巢而居。它们欢天喜地地住进了一部一部薄厚不一的书籍里，迁入了一份一份大小不同的报纸里……

当然，上述一切，只是我的思维在跑野马罢了。实际上，这座修建于光绪六年（1880 年）的字库塔，是负有特殊使命的。洛带古镇是客家人聚居之地，而素来崇文重教的客家人，有着“耕读传家，爱惜字纸”的优良传统。有字的纸，不得随意乱丢，任意糟蹋，全都得集中起来焚烧。而这座建筑形式庄严的高塔，便是当时专供人们焚烧字纸的场地。镌刻于光绪六年的“惜字碑”，便是有力的佐证。

深深深深地为这个美丽的传统倾倒。

试想，火旺旺地烧，嫣红的火苗欢欣地舔着薄薄的纸张，当纸张化为一缕一缕婀娜多姿的轻烟时，字的灵魂也重获自由，游走四方。

“落红不是无情物，化作春泥更护花”，备受尊重的文字重归尘世时，光彩更为绚烂。

爱惜文字、尊重文字。

这样的价值观，必须从小培养。

童年有件事情，是记忆里一株根深蒂固的榕树。

有一回，母亲坐在地上整理藏书，古典文学和翻译典籍东一摞、西一叠地散放着，发丝拂在脸上，双眸焕发着光彩，汗珠宛若水晶成排缀在额头上。她把书拿在手上，东翻翻、西掀掀，笑意像墨水沾上了宣纸，在脸上柔柔地荡漾着。我走出卧房，经过大厅，双脚鲁鲁莽莽地从一堆堆的书籍上跨过。母亲抬头看到，速速喝止：“站住！不要跨过书本！”那声音，有着冰雹的寒冷与沉重。我不知所措地止步，环顾脚下一叠一叠的书籍，根本不知道自己做错了什么。这时，母亲指了指那些书，表情罕有的严肃，她说：

“记住，永永远远地记住，书籍就是文化，用脚跨过书本，就是侮辱文化！”

我牢牢记住了。从此，养成了习惯，看到书籍掉落在地上，总习惯性地捡起，慎重地放到桌上去。最重要的是，在母亲潜移默化的影响下，我自小便有了“尊重文字、文化与书籍”的基本概念。如今，长大了，长老了，文字、文化与书籍始终是我心中永远不能被亵渎的瑰宝。

孩子出世后，我也努力给他们灌输同样的概念。记得有一次，稚龄的女儿大模大样地坐在一叠书上，托着腮看电视。我立刻便以当年母亲教诲我的方式，给女儿上了小小的一课，我要她立刻站起来，对她说道：

“记住，永永远远地记住，书籍就是文化，把屁股压在书籍上面，就是侮辱文化!”

尊重文字，必须从最细微处做起。

现在，科技进步，我们不必再大费周章地兴建什么“字库塔”了；各大机构都有“毁纸机”，大叠大叠密密麻麻地写满了字的纸，放进机器里，顷刻之间，便“粉身碎骨”了。然而，当年“焚字”是为了惜字，今日“毁字”却仅仅是为了保护自我的隐私！字的灵魂，在机器毫无感情的“轧轧”声中，哀哀惨叫、挣扎、悲泣……然后，在丝毫不被尊重的情况下，销声匿迹。

教师难为

读及这则“奇闻”时，我几乎怀疑自己的双目出了毛病。

根据《华尔街日报》报道：美国得克萨斯州政府对学校的要求非常严格，有些学校由于成绩没有进步而被关闭，于是，当地教师纷出奇招以刺激学生用功读书。最近，得克萨斯州一所小学的校长和副校长，为了奖励学生在读书比赛中表现优异，居然当众表演吃虫。校长将两条长达 20 公分的大虫，拌着洋葱和蘑菇炒熟，咀嚼吞咽；副校长则大胆生啖，他表示：当他咬食第一条虫时，那条肥肥的虫喷出了许多恶心的汁液，于是，第二条虫他便囫囵吞枣似地吞下肚去。

在场学生全都看得津津有味，嘻哈绝倒。

嘿，为了鼓励学生读书，居然出卖为人师表的尊严，“沦落”为当众吃虫的小丑！那么，我想知道的是：今天吃虫，明天呢，又该吃什么？

有人辩称：时代转变了，师生之间应该把距离由一丈缩短为一寸，玩些新鲜的游戏，无伤大雅。然而，教育机构有别于其他机构，教育任重而道远，每种言论、每项活动、每类游戏，都应该寓有教育的功能和意义，为人师表者，不能大放厥词，更不能任意妄为。教师的一言一行，都是下一代的模范。

学校有千种万种鼓励读书的方式，然而，让校长表演吃虫，不但荒谬绝顶，而且，有悖教育原则。

走笔至此，一双含泪的眸子忽然飘进了脑际。

一位在教育界服务多年的朋友，因为搬家而申请转校。一向敬业乐业的她，很快便在学生群中取得了信任与尊敬。然而，就在那一年的教师节，主任忽然下了一道“奇特”的命令：要她上台去为学生唱歌跳舞。她当场愕住了，年届半百，没哼过一支歌、没跳过半支舞，现在，居然要她在上千名学生面前“献丑”？（名副其实的“献丑”啊！）她热爱教学，平日总把课室当王国，把学生当子民，勤政爱民。在教学的范畴内，要她做啥，她都无怨无悔。独独歌唱和跳舞，她一窍不通，一窍不通啊！把难处和主任说了，可是，主任面无表情地表示：每年每个部门都得派个代表上台表演，现在，该部门里，每个人都表演过了，她是新来的，理所当然也就轮到她上阵了，如果她推辞，就是不负责任，年终排名时，不但会垫后，甚至可能取得负面的报告。

朋友为“五斗米折腰”，委曲求全，临渴掘井。当她在台上荒腔走调地唱出五音不全的歌曲而台下哄堂大笑时，校方却在她尊严受损的当儿，认为她为喜庆的日子制造了最佳的喜剧效果。

原本忠于职守而又爱校如家的她，现在却已意兴阑珊，老是盼望退休的日子早日到来。最具讽刺意味的是：浇熄她工作热诚的，是和教学全无关系的事。

最好的“法律”

当广大的民众把国土的干净和河流的洁净视为己任，他们就会永永远远地进行自我约束。

那天早上，我坐在汨罗市的一辆长途公共汽车里，等待发车到位于湖南北部的城市岳阳去。

我坐在车上吃橘子，一连吃了四个，接着，又吃香蕉和番薯，然后，我把剥下的橘子皮、香蕉皮和番薯皮全都妥善地放进塑胶袋里。

这时，司机发动了引擎，车子开出了大路。

我问那位长发披肩而衣着颇为时髦的跟车员：“车上有垃圾桶吗？”

她飞快地说：“交给我吧！”

万万没有料到，接过了塑胶袋之后，她竟然毫不犹豫地拉开车窗，一扬、一掷，袋子落地，橘子皮、香蕉皮和番薯皮犹如瘟疫般，霎时散满一地，使原本就已经极为肮脏的市容变得邋遢不堪。

我气急败坏地说道：“噫，你怎么可以这样乱丢垃圾呢？”

她耸耸肩，毫不在乎地应：“反正会有人清理的，有什么关系！”

啊，我明白了。“尝一脔，知一鼎”，恰恰正是普罗大众这种毫不负责的态度，影响了汨罗的市容。听听，她说：“反正会有人清理的”，这不正意味着“不丢白不丢”吗？

历史悠久的汨罗市，是湖南省的一个小城市，人口六十余万，这儿是楚国伟大的爱国诗人屈原晚年生活、创作和以身殉国的地方。

我颠颠簸簸、舟车劳顿地到那儿去，就是为了凭吊那一缕千古不朽的诗魂。

在到汨罗之前，我已经游览过长沙、衡山、张家界、凤凰等城市，湖南的这些城市，市容一般都清清爽爽的，整洁异常。我原以为汨罗这个山川秀美的小城，必然也洁净如斯，然而，让我吃惊的是，走在汨罗的通衢大街上，纸屑和果皮处处可见；走进横街小巷里，情况更为糟糕，垃圾成堆，龌龊不堪。

连赫赫有名的汨罗江，也因为人为的因素而受到了污化，灰色的河水，看上去浑浑浊浊的，一点儿也不清澈，更遑论晶亮了。

曾经读过一则相关报道，指“汨罗江不再有诗意”是因为人们“肆意倾倒垃圾于江中”。更甚的是，在汨罗江的上段，采矿者、挖沙者和淘金者所排放的污水，严重污染水质，阻碍水流。当江水进入汨罗市之后，流势减缓，而挖沙船的无序采挖，不但破坏河道的自然形态，也在极大的程度上影响了汛期的安全。除此之外，流域面积阔达 5 543 平方公里的汨罗江，也不幸地成了城市工业发展“藏污纳垢”的水道。

市容邋遢，是人为的；江河污秽，更是人为的。

然而，在扫除街道上的垃圾和清除江河上的污垢前，我们必须先清洗市民精神上的灰尘。

教育，是最好的“改良剂”。可是，“十年树木，百年树人”，教育是循序渐进的，需要漫长的时间，才能看到持久性的效果。

法律呢，却能在极短的时间里见效，但是，要通过法律以收“立竿见影”之效，却必须铁面无私、执法如山。有些惩罚，是“皮痛肉不痛”的，甚至是“皮与肉俱不痛”的绝对无效。唯有一视同仁地给予初犯者迎头痛击，而大公无私地对屡犯不改者加重惩罚，久而久之，法律才能成为知法犯法者的紧箍咒。

至于教育，我觉得单单教导年幼的一代有关公共卫生意识是不够的，还必须同时灌输他们以“国土自豪感”，才能一箭双雕，一劳永逸。当广大的民众把国土的干净和河流的洁净视为己任，他们就会永永远远地进行自我约束。

自律，就是最好的法律。

游客形象

《中国游客的粗鲁国际形象》这篇意味深长的论文，是上海著名作家陈丹燕在2011年12月香港与广州举办的“第三届世界华文旅游文学国际学术研讨会”上提呈的。她以尖锐的笔调，真实地刻画出当前中国游客在国际上的“粗鲁形象”。

她指出，在20世纪90年代初期，中国人出国旅行时，常常穿着裁剪呆板的衣服，在旅游地的标志前，站成两排，拍一张代表团的集体照。还有些性子沉静的中国人，满脸交织着寂寞与沉醉的表情，悄无声息地在博物馆的油画前走来走去。陈丹燕如此写道：“只要一眼，就能体会到那个中国人的累和饿，还有满满的一颗心。”他们参观过后，会在休息区里安静地拿着自备的三明治来吃。她说，这个时期的中国游客，是拘谨的游客，小心翼翼的，生怕自己做了不该做的事，给别人添了麻烦。

现在的中国游客呢，大大不同了。

陈丹燕指出，他们成群结队地出现在购物场所、步行街、香水店、名表店和老牌百货商店里，出现在机场的退税处，出现在远离城市的名牌商品折扣市场里。他们在那里呼朋唤友，大声喧哗，评价那些奢侈品是如何的公道与合算。她也透露：中国游客开法国最好的葡萄酒喝，但掺上碳酸饮料；他们去参观宫殿，但在地毯上擦鞋底；他们去最著名的餐馆用餐，但会在桌上剩下大量的食物、会把鱼骨吐在桌布上；他们到罗浮宫去，只看胜利女神像和蒙娜丽莎这两样，但他们并不仔细欣赏，而是想违反博物馆的规定，与这两样东西合影。

冷眼旁观的陈丹燕语重心长地写道：

“中国人变得喧哗，而且物质，……现在，人数正疯狂增长的海外中国游客是暴发户的象征，这种现象值得大家深思与反省。”

在陈丹燕一针见血的评论里，我深切地感受到蕴藏在沉重笔端里那份深沉的爱。

实际上，陈丹燕所反映的，是一个曾经封闭多年的国家在经济起飞初期所特有的现象；这种种现象，也可以被视为国民自我成长的一种必经历程。

让人深思的是，新加坡经济腾飞已有多年，而旅行也已经变成了许多人的常年活动，但是，喧哗与自满，依然是许多新加坡游客的“特征”。我常常在公共场合听到国人大放厥词地恣意批评，好似除了新加坡是人间乐土之外，其他地方都是乌烟瘴气的；还有，那种争先恐后的怕输表现，更大大地突显了所谓的“新加坡精神”。

有人戏谑地指出，有些新加坡人一到国外旅行，立马就变成了鸟儿和孔雀。去购物时，嘴里不断地发出鸟的鸣叫声：“Cheap，Cheap，Cheap”；口袋饱满，加上新元坚挺，不管什么东西落在眼里，都是便宜无比的，于是，手信买了一堆又一堆。到了名胜地后，一个个又摇身变为开屏的孔雀，在旅游地标前，左一张右一张地拍个没完没了。回家后，看到照片，却茫茫然地忘了是在哪儿拍的。

话说回来，国民自我成长的过程虽然缓慢，然而，这并不意味着不曾成长。

最近这些年，我常常在不同的国家里，看到新加坡许多旅者以背包方式自助旅行，他们深具内涵、富于学识，自信、机警、敏锐、谦虚而又低调。足履天涯，只为了了解世界。

此外，我国在近年来还出现了另一类把“行走当学习”的“小游客”。他们在老师的带领下，到国外去进行“浸濡计划”，在开阔眼界的同时，也对“旅行”一词有了较为成熟的诠释。

每一个旅人，都是国家无形的大使。

如果经济允许的话，家长应该放手让孩子出去旅行，让他们知道“走一寸土地，增一尺智慧”的道理。自小浸濡于旅游文化里，长大成人之后，自然而然便会成为优雅的旅人了。

漏网之鱼

校对工作，是恼人、烦人而又折磨人的。

每回为新著进行校对工作，我便有一种“如临大敌”的感觉。电话不接、应酬不去、炊烟不生、电视不看、六亲不认。

像个修炼内功的武士，将自己锁在静室里，一心一意、心无旁骛，只和深沉如海洋而又辽阔如天空的文字进行一场又一场的“斗智活动”。

错字，宛如敌人刻意埋下的“地雷”。这些“地雷”，一枚一枚阴险诡谲而又不动声色地散在全书各处，如果未能及时拆除，他日出版成书，便会在读者眼中引起“视觉的爆炸”。比如说，“南非许多富豪的居所都设有保安系统”，这句子中的“设”字如果误植为“没”，语意恰恰背道而驰。差之毫厘，谬以千里！

一般，出现在书稿中的错字，可以粗分为几类。

一类错字，有如“外星人”般突突兀兀地坐在字里行间，不论读音还是字形都和原文没有多大关联，如把“谱”误植为“站”，往往随意一瞅，便能把它揪出来。

一类错字，是同音字，如把“浑”误植为“魂”，读音虽一样，可字形和原字全然不同，要扯它出来，易如反掌。

一类错字，错的是偏旁，如将“幡”误植为“幢”，校对时稍一分心，便让它逍逍遥遥地“蒙骗过关”了，十分危险。

还有一类错字，字形高度相似，如“鸷”与“骛”、“睽”与“暌”、“拨”与“拔”，它们鱼目混珠，深藏不露，几近挑衅，十分可恶。

为了对自己负责、对读者尽责，我的每一部书在付梓前，总亲自校对三次。

第一校采取“速读”的方式——以备战的心情，到交锋的战场巡视，一旦发现探头探脑的间谍，毫不留情便抓出来枪毙。由于阅读的速度快，揪出来的，都是一些较为明显的错字。

第二校以“细读”的方式进行——这时，已经进入了“贴身肉搏”的战斗状态。三心（细心、耐心、专心）是迎战的武器，缺一不可。逐字、逐句地读，希望通过这种“地毯似的搜寻”，使“敌人”无所遁形。每每完工之后，眼累心也累，然而，看到战果辉煌，却也甘之如饴。

第三校泛泛通读——到战场作最后的检查，看看有没有“漏网之鱼”。这时，双目变成了“滑雪板”，在文字的“雪山”一泻千里地飞滑下去。当逐篇逐篇快速地审阅时，讶异地发现：次校虽已倾尽全力，可是，仍有“败将残兵”固执地坐在字堆里兀自作顽强的抵抗。狠狠地逮住它们，就地正法。

把自认“万无一失”的文稿送往出版社，快乐地等着它面世。

然而，过三关、斩六将，却依然会有“百密一疏”之时。

前天，接到文坛宿将谢克先生的电话，指出拙著《文字就是生命》这部传记当中，有个标题错了个字。一看，赶快向鲁迅先生默默地道歉——那个标题是：“伏首甘为孺子牛”。“俯”字误植为“伏”字，校对多次，竟没发现！

唉唉唉！

独宝与毒草

方姓夫妻致力于发展跨国生意的同时，悉心教育独子，把他教养成了一个言行得体的大好青年。

询问他们家教秘诀，方太太言简意赅地说了一个八字诀：“慎用体罚，夫妻同心”。她指出：当孩子处在“有理说不清”的童稚期时，体罚占了一定的重要性，但是，要“打得少而又打得好”，才能让他终生铭记，许多家长常打却又轻打，使责罚的效果等于零；至于滥打而又重打呢，又会把孩子的自尊打瘪打烂，使残局难收。她的独子，今年18岁，可是，只在5岁那一年被重重地打过一次。由于工作繁忙，孩子三餐多由佣人料理，那一回，夫妻二人与孩子共用晚餐，居然看到了令他们震惊不已的一幕：佣人煮了不合儿子口味的食物，他对着佣人大吼大叫，后来，更把盘子掀翻了，伸手死捏佣人的手臂。夫妻二人目瞪口呆，一致认为他行为暴戾，罪无可恕，如不责打，后患无穷。于是，取了藤鞭，结结实实地、狠狠狠狠地抽了他二十多下，他哀号不已，连佣人也不忍卒听而潸然泪下。事后，孩子的屁股肿痛不堪，连续多天连坐也坐不稳。接着，夫妻要求佣人专煮他不爱吃的东西，借此锻炼他的忍耐性，革除他挑食的恶习。及至孩子年龄稍长，犯错之后，先晓之以理，再让他自行决定鞭打几下，务使他心服口服。上了中学，夫妻再度调整自己所扮演的角色，以谈心取代教训，方先生惯常说的一句话是：“让我们两个男人好好地来谈谈。”许多问题，都通过这种成熟的沟通方式完善地获得了解决。记得有一次，孩子外出回来后，夫妻惊骇地发现他的左耳居然穿了耳洞、挂了耳环。方先生说：“我一看，便想跳过去，扯下他的耳环，痛斥他一顿。可是，我太太在桌下踹了我一下，我便不出声了。”接着，方太太以开玩笑的口吻对他说道：“戴耳环，好新潮啊！”孩子说：“我很多朋友都戴。”方太太微笑应道：“偶尔跟跟潮流，无伤大雅。”孩子戴了几天后，耳洞发炎，她一面替孩子涂消炎药，一面说：“男人的魅力在于刚健，我觉得这耳环阴柔之气太重了，和你魁梧的体形不太相配呢！”耳垂红肿消退之后，耳环从此也消失无踪了。方太太说道：“处在叛逆期的孩子，一味地重责和禁令，只会带来反效果，我们应该静观待变，伺机相劝。”

方家独子，在这种刚柔并施、情理并重而又充满了爱的环境里，成长为一名具有独立思考能力而又富于爱心的青年。方太太说得好：“我不要家里的这个大独宝日后变成了社会的大毒草，以爱为中心的理性教育，是我送孩子的一份终生礼物，也是我给社会的一份献礼。”

电脑人

在网络上，我看到一组漫画，十分传神地表达出电脑科技如何彻底地改变我们当前的生活方式。

过去，听音乐时，人就坐在立体音响系统旁边，细眯着眼，全神贯注地听得如痴如醉。现在呢，戴了耳机的那个人，坐在电脑前面，一面运键如飞，一面抖着腿听，一心二用。

过去，一家人坐在电视机前，共同观赏租回来的影碟，其乐融融。现在呢，独自一人坐在电脑前面，跷着二郎腿，看得津津有味。

过去，与他人交流时，夹着电话筒口沫横飞，各种传闻、绯闻、趣闻便在对话间流来流去。现在呢，坐在电脑前面，键盘那嘀嘀嗒嗒的刻板声音，全然取代了鲜活脆亮的嗓音。

过去，生日时，一大群朋友买了礼物上门来，寿星在大家此起彼落的祝贺声中，欢欢喜喜地切生日蛋糕。现在呢，寿星孤孤独独地坐在电脑前面，在“脸书”上默默接受朋友的祝贺，心里一片喧哗，现实世界却一片冷清。

过去，弹奏乐器，三两朋友，一人拨着吉他、一人敲击锣鼓、一人吹着喇叭，快快乐乐地奏出一支支友谊之曲。现在呢，区区一人，对着电脑，操纵音乐软件，自奏乐曲，由众乐乐变为独乐乐。

过去，儿子会对妈妈说："我出去踢足球，两个小时后回来。"现在呢，妈妈要带儿子出门玩，儿子却要求留在家里，因为"他踢得还不过瘾"——电脑的荧光屏上，一个足球正自得其乐地滚来滚去。

过去，孩子问父亲："爸爸，飞机为什么会飞?"爸爸会赶快查阅百科全书，给孩子一个正确的答案。现在呢，爸爸好整以暇地答道："你去查谷歌吧，谷歌会给你答案。"

过去，妈妈要惩罚孩子时，说："到房间去，吃晚饭前，不准出来。"苦着脸的孩子，禁锢在房间里，度日如年。现在呢，妈妈一下禁令，孩子便欢欣鼓舞地跳进房间，到电脑里去寻觅他的桃花源了。

最后两幅漫画的对照十分逗趣：过去，电脑设计臃肿，坐在厚重电脑前面的人，瘦削；现在，电脑设计轻巧，坐在薄扁的电脑前面的那个人，肥胖。

这些由电脑操纵的"新人类"，可以通称为"电脑人"！

无可讳言，电脑给我们的生活提供了全面的便利，但是，人与人之间的关系，也全面疏离了。

想想看，打篮球、打乒乓球、打麻将、下象棋，这些需要找同伴进行的活动，现在，全都可以在电脑的虚拟世界里得到满足。足不出户，便可以拥抱世界。

平板电脑面世后，亲子关系进一步受到挑战。

到餐馆去，常常看到两三岁的孩子坐在餐桌前，双眸呆呆地瞪着眼前的平板电脑，荧光屏上，白雪公主和七个小矮人正在丛林里快乐地追逐着小松鼠。应该娓娓讲述故事的母亲，此刻，正拿着手机，和朋友絮絮地谈个不休。在家里，许多母亲也任由稚龄孩子对着平板电脑“自生自灭”，反正嘛，各种电脑软件一应俱全，要学习、要娱乐，都不虞匮乏。

出世后便在科技里成长的新一代，思想可能很早熟、知识可能很丰富，然而，内心世界却可能很孤独，对人的感情也可能很淡漠。最为可怕的是，他们以孤独为乐而又对冷漠习以为常。

我们没有必要排斥科技、抗拒进步，但是，如何让孩子在科技与亲情、人情和世情之间取得平衡和协调，是我们必须深思的。

痛苦的鳝

香港著名作家李碧华不喜欢吃鳝，原因是她的脑海中留下了别人活杀大鳝的丑恶印象。

在《痛苦表情》一文里，她绘声绘影地写出了杀鳝的整个过程：

“他们用一个尖锥先把鳝头钉在砧板上，锋利的刀刃对着那执着挣扎的身躯从头往下一拉，直割到尾，剖开后把整条脊骨抽出来。血、水、体液，一地都是。”她又说：“据说从前有一名店主人擅做鳝鱼面。他的妙方是：将铁钉遍钉在蒸笼上，使鳝在针上游走，自割出血肉，而不即死，故此店的鳝极鲜美。”

真是恶心。

在广东省的台山，我亦见过残忍透顶的“煮鳝妙法”。当地让人垂涎三尺的名食是“黄鳝钻饭”。大蓬大蓬的烟气从将熟未熟的米饭中冒升出来，厨师手起刀落，敏捷万分地从放满水的大盆里揪出几条滑不唧溜的黄鳝，黄鳝在逃窜无门的高度惊慌里，死命扭动着细瘦的身体，“心狠手辣”的厨师，无动于衷地掀开锅盖，手一曳一掷——在电光石火间，挣扎着的黄鳝就惨惨地进了锅，厨师速速压上锅盖。

黄鳝骤然吃惊、猛然吃痛，疯了似的在烟气蒸腾的米饭中乱窜、乱钻，锅子表面上看来毫无异状，锅子里面却有着一番生与死的艰苦搏斗——求生不得的黄鳝，在一种无可名状的痛苦里，将那一锅秩序井然的饭搅得天翻地覆。达于沸点的热气，硬生生地将黄鳝的体液逼了出来，渗透进粒粒饱满的米饭当中，形成了一种无与伦比的绝佳风味，而体内血液的狂乱奔流，又使黄鳝的肉质变得不可思议的嫩、难以置信的滑。

把这样一碗埋葬着黄鳝的白米饭捧在手里，着实有落泪的感觉。我不杀伯仁，伯仁却因我而死。纵是珍馐，亦难下咽。

近年来，有人觉得“黄鳝钻饭”这种烹调方式“有欠人道”，许多餐馆的厨师都改用了其他的杀鳝方式。我去看了，只见厨师以网兜从水缸里捞起了十余斤不断蠕动的黄鳝，置入竹篓，再悉数倒进灶上那一大锅沸水中，黄鳝受热、受伤，发狂也似地扭动，乍然一看，好似锅里骤然伸出无数无数只细细瘦瘦长长黑黑的手，在无法承受的痛苦当中作垂死的挣扎，既诡谲，又恐怖。徒劳无功地挣扎过之后，黄鳝便由狂乱舞动而变为蠕蠕而动，最后，纹丝不动，一切归于沉寂，只剩下一堆元气散尽的鳝尸。

看过这一幕，对着桌上那一碟红烧黄鳝，食欲全失，眼前扭动着的，尽是一只只细细瘦瘦长长黑黑的手……

有人指出，曾经闹得人心惶惶的 SARS 病毒是源自动物的。是不是长期受着各种酷刑的动物生气了，伺机复仇呢？这样的念头，着实令我不寒而栗。

我想，这该是人类进行反思的时候了。

答案在心上

深夜，我的车子平稳地在阒无一人的马路上行驶时，后面蓦然有辆车子以飞一般的速度超越了我，好似一支糊里糊涂地掉落在地上的火箭，毫无理性地向前直飞，飞成了一道笔直的线。飞着、飞着，在远处化成了朦朦胧胧的一团幻影。然而，说也奇怪，就在它即将从我视线里消失时，车速却又逐渐地、明显地慢了下来、慢了下来——由时速百余里变为 90 里，继而 80 里，再而 70 里，那个原本无比莽撞的驾驶者，在极短极短的时间里，不可思议而又十分突兀地变成了一个循规蹈矩的“模范司机”。

在车子驶经他减速的地方时，我只往窗外轻轻地瞄了一眼，便忍不住发出了会心的微笑。

那儿，正忠心耿耿地立着一个由官方设立的测速器，它就像一头勇猛凶悍的猎犬，虎视眈眈地鹄望往来的猎物。

啊，那名驾驶者刻意减速，为的不是自己和他人的安全，仅仅是担心被逮着、被罚款！

过了测速器这一“关”之后，他便又故态复萌，丑态毕露地把车子驾得离地而飞。

测速器，在探测车速之余，还兼具“照妖镜”的功能呢！

实际上，良好的行为，应该是发诸心而形于外的；驾驶者如果内心没有腾出一个位子来装置一架自我测试的测速器，就算官方在路旁设上了千架万架，也难以全然遏制飞车者超速的恶行！可叹的是：在蝇营狗苟的今日社会里，众人已经忘了将该有的信念和道德植入内心那一大片空白的世界里。

说说一个富于禅机的小故事。

一群法力高超的神仙打算在人间找个地方埋藏一个惊天动地的大秘密。神仙甲建议藏在全世界最高的山顶上，神仙乙反对，理由是：“人类会很努力地爬上山来。”神仙丙建议放入深海里，神仙丁反对，原因是：“人类会发明潜水艇。”众神仙陷入沉思中，终于，其中一名想出了一个好主意：“且将秘密藏在人类的心中吧，我肯定他们一定不会想到去那里搜寻答案的。”

在生活的大道上，我们驾着“无形的汽车”，日日夜夜不顾后果地超速行驶，分分秒秒急于从外在世界的路牌中寻找人生的目标，然而，愈着急便愈寻不着，愈寻不着便愈失落；可是，有一天，当我们把车子停在鸟语花香的林荫道上，静一静，想一想，便会豁然发现：人生每一个问题的答案，其实都静静地浮在心上。

素质教育

在广州的《新空间》杂志读及一则饶具意义的报道。

美国迈阿密大学教育管理学博士黄全愈的大著《素质教育在美国》一书在中国推出后，书中对当前教育制度深刻的思考，引起了广泛的注意与讨论，黄博士也因此成了热点人物。最近，他接受邀请到各地作巡回演讲时，向听众提出了一个有趣的问题：

“有四种动物：绿色的鸟、白色的猫、花色的狗、黄色的狮子，请大家从这四种动物中选出一种特征有异于其他三种动物者，并说明理由。”

反应热烈的听众，给予截然不同的答案：有人选鸟，因为“鸟是禽类，余者是兽类”；有人选狗，因为“狗是杂色的，其他都是纯色的”；有人选狮子，因为“狮子是猛兽，而其他的可以是宠物”……

之后，听众要求黄博士提供标准答案，他的答复，精彩绝伦：学习应该允许不同观点、不同意见、不同答案并存，只要你的答案言之成理，能自圆其说，都应该被接受。我们眼前的世界是丰富多彩的，在很多事情上，没有也不应该有标准答案；换言之，答案是丰富多彩的。

真是掷地有声的语言！是的，一般的教育制度都设立了许多的框框条条，要求学生死记硬背，照书全搬，我们要求统一的、划一的答案而不是出格的、独特的答案；我们要求在试卷上听到权威的声音而不是学生自己的声音。久而久之，学生独立思考的能力和与众不同的创造力就这样被扼杀殆尽了！

就以“作文教学”为例，长久以来，教师们都习惯于以一个个具有高度局限性的题目来约束学生的思维，这些题目，有时就像是一根一根无形的绳索，把学生绑得死死的、紧紧的，连透透气的机会也没有，于是，学生就只能一板一眼地按照传统的要求，写出一些类似“样板作文”的“模范文章”。

在整个社会讲求发掘创意的当儿，我突发奇想：我们是不是也能在作文上给予学生一种全新的训练，比如说，题目只简单地以一样实物来命题，举凡“时钟”“眼泪”“电脑”“钢笔”“苹果”“窗口”等都可以入题，学生可以根据这个实物，发挥天马行空的想象力。此外，他们也可以依据自己的能力和喜好，将文章写成不同的体裁，如说明文、记叙文、议论文等，都能被接受，甚至，他们可以据此写成袖珍武侠小说、掌上爱情小说或是短小的科幻故事。

学生们有了充分发挥的余地、广泛的想象空间，也许便不会再视作文为苦差了，更重要的是，我们能从中让他们培养出独立思考和自我创新的能力！

累的另一种境界

在北京游客川流不息的王府井大街上，有一个引人瞩目的小摊子。摊主来自山东，以紫砂泥为游人在现场塑像。路人纷纷过来围观，然而，这赵姓艺人，却有着一种“宠辱不惊”的淡定，只见他手中握着一大团紫砂泥，纹丝不动地端详着坐在眼前的人。大而圆的眸子，精光四射，深沉得像两口井，敏锐得像两把刀。看、看、看，专心致志地看，看出了特征之后，他便动手了。搓搓、捏捏；挑挑、挖挖；握握、放放……那一团原本死气沉沉、奄奄一息的紫砂泥，就在他十指不断地拨弄下，蓦地有了一种随时会发出声音来的生命力。赵姓艺人聚精会神地塑，头发、脸型、轮廓、五官，慢慢慢慢地现形，渐渐渐渐地成型，围观者啧啧惊叹：哇，瞧，简直可以“以假乱真”呐！最绝的是：塑成品不是那种木口木脸依葫芦画瓢的相似，他以慧心将人物内在的个性也活灵活现地体现出来，恬淡的、睿智的、活泼的、调皮的等，不一而足，可说是形似、貌似、神似。周遭赞美如潮涌来，赵姓艺人充耳不闻，只心无旁骛地塑、塑、塑。一个时辰过后，大功告成，他对眼前那名喜上眉梢的顾客说道：“我还得上色，您明日来取吧！”其他旁观者心动地探询：“多少钱塑一个？”赵姓艺人应：“两百元（人民币）。”那人嫌贵，商量似的说：“便宜一点，可以吗？”赵姓艺人以一种毫无转圜余地的语调斩钉截铁地应道：“不可以。”那人不肯罢休，死缠烂打：“这塑像，才四寸而已，两百元，太贵了呀！”这一回，赵姓艺人被激怒了，开口时，声音好似冰雹铸成的：“为人塑像，很累的，你知道吗！”说毕，如老僧入定，不再开口了。

很累。

啊，很累。

寥寥两个字，涵括了千言万语。

当两人对坐时，被塑者无思，他千思。他将多年来的美学基础和天分，化为创作的原动力，然后，凝万千力道于十指，倾注对雕塑奔泻如江河的热忱，揉进了个人对雕塑如朝圣般的虔诚和敬意，才能塑出一个完美无瑕的成品。倘若这时有人风轻云淡地说：“咦，怎么不像的？”他的信誉、他的成就、他的功力、他的整个世界，便会在众目睽睽之下，分崩离析，破、碎、断、裂，毁于一旦。这样的考验，严峻而又残酷，他能不全神贯注吗？他能不全力以赴吗？

所以，他当然累。

实际上，唯有对所从事的工作有大敬，有大爱，才会战战兢兢，如履薄冰；也才会一丝不苟，力求完美。

倾尽全力而后觉得累，是一种积极的表现，也是对自己一种圆满的交代。

绝望的鱼

在报刊上读及一则令人莞尔的新闻：台湾桃园市有不法之徒向老人家推销扑灭“千禧虫”的杀虫剂，不懂电脑的老人家只听过千禧虫会造成很大的危害，却不知它源自何处，于是，纷纷掏钱购买，每人花了几千台币，把杀虫剂买回去后，遍洒房屋，借以驱虫。后来，经人点醒，才知上当。

骗徒利用老人的无知而骗钱的这种行径固然令人生气，然而，更令人发指的，是那些利用病人的绝望心理而大肆敛财的无耻之徒。

20 世纪 70 年代末期，我到菲律宾旅行，那时，神医坐诊大行其道，许多身罹绝症的人不远千里地飞赴那儿，寻找生存的曙光。我当时正为胃病所折磨，一方面基于好奇，另一方面也为了求证，便往晤当地一位名震四方的神医。诊疗所里，坐满了来自世界各国的病人，个个脸色蜡黄，可是，一双双病恹恹的眸子，却闪着糅合了焦灼与期待的亮光。每人必须缴注册费一百美金，在当时的菲律宾，这可是一笔令人咂舌的巨款，可是，对于许多身患重病的人来说，这根救命的浮木，绝对便宜。神医很瘦，穿一袭白色衣裤，双目湛湛有神，话不多。手在我腹部轻触几秒，便断定胃部生瘤，必须取出。他嘱我坐直，手搁在我头上，口中念念有词。少顷，嘱我躺下，徒手取瘤——只见他以手脊切入腹内，三两下子，便抓出了一堆血淋淋的东西，乍一看好似是动物的内脏，快速地交给助手，再敏捷地用棉花团把血拭干净，便算大功告成了，动过“手术”的腹部，一点疤痕也没有，真是神奇。第二天，因舟车劳顿，食不定时，我的胃病，便汹汹地发作了，正好为神医的失效作了一个明确的佐证。事隔多年，每回想起这事，脑中便闪出了诊疗所里病人那一双双在绝望里透着希望亮光的眸子，这时，心房总会隐隐作痛。

说来凑巧，近读胡因梦的《死亡与童女之舞》，居然读及了类似的情节。她子宫生瘤，知道菲律宾有神医可以徒手开刀，特地飞赴那儿。神医一连三天以手指在她子宫处抠压，快速地取出了一团又一团好似肿瘤又似内脏的东西。她回台湾后，接受超音波扫描检查，发现肿瘤不但没有消失，还长了半公分。最后，她依循正途，在台湾医院开刀取出该肿瘤。她语深意长地说：“我从中学到的教训是：既然活在这个物质世界，就要以物质世界的规则行事，奇迹往往是规避痛苦的捷径，而人生是没有捷径可走的。”

认真地说起来，被钩子勾住而痛苦挣扎的鱼儿不能怪姜太公残忍，因为它是自愿上钩的。

聆　听

约莫三个月前，厨房里那个接电的热水瓶，忽然发出了一种刺耳的噪音，“哔哔哔”地响上几秒后便戛然而止，十分突兀。如此这般，每隔半天便响一次，极有持续性。

第一个浮上脑际的念头是：热水瓶坏了，该换新的了。然而，接着，我又注意到，这噪声，丝毫不影响热水瓶固有的功能，注入冷水后，它能让水沸腾，而水沸腾后，它又一如既往地保持着水的沸腾度，绝不怠工。于是，警戒之心全无，连那刺耳的噪音都成了我开玩笑的话题：莫非热水瓶里躲了只千年水怪，修炼成精，“哔哔”怪叫，想要冲天而去？接着下来，习以为常，那“哔哔哔”的怪声居然慢慢地成了生活的一部分。

一日下午，居家写稿，突然，停电了。电脑、电灯、电风扇、电冰箱，全部停止运作。经检查，发现是家中装置的“防止漏电系统”将电源主动切断了。

十万火急地找来电工，经验老到的电工，足足花了两个小时，方才找出“病源”——万万想不到，罪魁祸首，竟然是那“哔哔”怪叫的热水瓶！

电工皱着眉头说："漏电漏得厉害呢！"

我默然无语。

这热水瓶，其实早已在三个月前想方设法给我通知、给我警告，它尖声叫嚷，叫了一次又一次，可是，愚蠢的我，居然充耳不闻，置之不理。终于，它忍无可忍，狠狠狠狠地发难，给我以一记迎头痛击！

事出有因，任何人、事、物，在败坏之前，必有迹象，我们绝对不该、不能、不可掉以轻心。

最近，一位认识多年的老朋友猝然辞世。在葬礼上，遗孀哀哀泣诉：早在半年前，她枕边人的心脏便不时对他发出绞痛的信号，但他自恃是运动健将，认为自己至少可以活上百岁，坚持不做身体检查，结果，大痛一来，便永远倒地不起。

另外一位年届四十的朋友，在驾车时突然中风，自此瘫痪在床。说是"突然"，其实不是。她的妹妹泪流满面地说："天天耳鸣，却老是以为没有大碍，加上工作繁忙，责任感特重，不肯请假去做检验……"结果呢，可怜的躯体在"徒劳无功"地发出无数无数警告的信号后，终于心灰意冷地放弃了努力。

其实呵，努力聆听身体发出的信号，不单单是为了我们自己，也同时是为了爱我们的以及我们所爱的人。

荒谬的考题与笑声

在杂志上读及一则千真万确而又荒谬绝顶的新闻：加拿大某所中学一位教学经验丰富的老师，在考试卷子里，竟出了如此荒唐的题目：

“罗福斯是个特种营业中介，旗下有 3 名应召女郎，每笔生意可赚 65 美元，如果罗福斯每天收入是 800 美元，请计算每位应召女郎一天至少要接客几位?”

另外一道题目更是荒诞得近乎离谱：

“一个黑社会老大拥有 27 个女伴，现在他和其中 3 名女孩发生关系，请计算她们的怀孕率。”

考题中被视为比较“正常”的题目，竟是：

“一名小偷需要跑多快才不会被警察逮到?”

由于考卷充满了色情和暴力，愤怒的家长联名将出题者告到教育部。教育部在讨论处置方案之前，先行勒令其停职 3 天；而该名教师在接受调查时竟然宣称：题目要出得活，才能引发学生作答的兴趣。

上述事件的严重性在于：它涉及的，不单单是教师的专业态度，还涉及了教师的道德问题。那名教师，为了引发学生的兴趣，竟然愚不可及地设计出这种“道德沦丧”的问题，他没有想到，学生在“兴致勃勃”地作答的同时，也会在潜移默化中变得“性致勃勃”。“上梁不正下梁歪”，教师思想不正，难免会误人子弟。

实际上，道德教育，是学校教育非常重要、非常基本的一环。但是，它不是一门独立的课，也没有固定的教材，身为教师，应该时时把握良机，处处争取机会，该教时便教，犹豫不得，更耽搁不得。当然，许多时候，身教胜于言教，教师本身体现出来的道德观和价值观，便是活的教材了。比如说吧，如果教师在课堂上侃侃大谈睦邻之道，可是，自己却和邻居闹得水火不容，鸡犬不宁，那么，她所说的话，又哪有半分说服力呢？近读邱少华编著的《艺术的心》，在《人品和画品》一文中提及丰子恺的一桩逸事，发人深省，引述如下：

1938 年 12 月 1 日，桂林惨遭轰炸，死伤二百多人。那天早上，丰子恺到学校上课，将自作漫画挂在壁上，却引来哄堂大笑。他问学生笑什么？有人答道：“没有头。”原来这四幅漫画是描述国民遭敌人飞机轰炸的惨状，其中一幅画着一名母亲背着一个婴儿逃向防空洞，婴儿的头已被弹片切去而飞向了天空，可是，母亲却还懵然无知地背着无头婴儿狂奔。学生哄堂大笑，就是因为看到了这个无头婴儿。丰子恺听到笑声，勃然大怒，严词呵斥：

“现在，桂林城中挤满了数十万人，正在如雨般的无情炸弹下惊慌逃命，我这幅漫画，反映的是现实的惨况，同学们非但不感到伤心，还笑得出来，真是一点同情心也没有。本来我要讲的是漫画技法，但对于你们这种人，绘画的技法已经不重要了，第一先要矫正的，是做人的态度。”

丰子恺及时灌输的，正是切合时宜的道德教育。

只有当我们将道德教育当作是水、看成是空气，让它无孔不入而又无处不在时，道德教育才能真正地、圆满地融入我们的教育体系。

菩萨的境界

震撼、震撼、震撼！

震撼于那种柔至极致而展现出来的无可抵御的强劲力道；震撼于那种彼此心灵相通而配合得天衣无缝的和谐齐一；震撼于那种将宗教与文化不着痕迹地熔于一炉的圆满；震撼于那种紧密结合人类慈悲与关怀所体现出来的深刻。

那天，在电视的荧光屏上看到由“中国残疾人艺术团”呈献的舞蹈《千手观音》，我因高度惊艳而目瞪口呆。

真是了不起。

21 名舞蹈演员，全是聋哑人士。她们听不到乐曲，掌握不了节奏，然而，她们在排练时利用身体的其他感官来感受音乐的震动而完成了一个又一个极富韵律感和表现力的动作。

只见无数条手臂从领舞姑娘邰丽华身后渐次展开，邰丽华通过婀娜的体态、丰富的表情、细腻的手势，以一种流动如水的美丽，叙述一则光辉闪烁的古老故事。

被誉为“艺术魂魄”的邰丽华，2 岁时因患麻疹发高烧，被错误地注射了链霉素，导致失聪；7岁时入读聋哑学校。她喜欢绘画，可是，在她的画笔下，所有的小孩都是没有耳朵的。就在这种难熬的无边寂寞里，有一天，老师在特设的律动课中，将音响调到极致，让学生趴在地板上，具体地感受鼓声的律动和声音的节拍。在那一刻，她敏锐地感觉到那深沉有力的鼓声深深深深地敲进了她的心灵，她受到了很大很大的震动。从此，她的世界不再寂寞了，她把她的爱、她的巧思、她的精力，源源源源地投注到舞蹈的学习与排练中。虽然无法听到音乐的旋律，但聪慧的她，却利用整颗心去感受节拍。不懈的努力，再加上手语老师的指导，她练呀练，百折不挠地练，最后，终于突破万难，崭露头角，大放异彩。

“扬长避短”往往是他人发展事业的要旨，可邰丽华却是“明知山有虎，偏向虎山行”。音乐是舞蹈的灵魂，然而，失聪的她却得根据旋律翩然起舞，其中的难度，可想而知。她的人生信条是：“从事自己喜欢的事业，无论多苦我都觉得快乐，因为所有的努力和付出都是值得的。”舞蹈是她“表达内心世界一种最为美丽的语言”。她从舞蹈中找到了信心、力量、生存的意义与价值。

2005年，在中国中央电视台一年一度备受瞩目的《春节联欢晚会》中，由邰丽华领舞的《千手观音》艺惊四方，被评为春节晚会有史以来最成功、最动人的一次演出，而全国观众亦票选它为“最受观众喜爱的春晚节目”，邰丽华因此成了家喻户晓的人物。

尽管21个人跳的这支舞由始至终只能看到她的脸，可是，在接受报刊的访问时，她却冷静谦和地表示：她清清楚楚地知道，自己身后还有20个人。

我个人最欣赏的，是她对“残疾”一词的诠释。她认为残疾虽然是缺陷，但并不意味着不幸，只不过是不便罢了。她豁达地指出：

每一个人的一生都无可避免地有盈、有缺；有满、有空。我们无法选择，但是，我们可以带着一颗快乐感恩的心去面对人生一切的不圆满。

记者问她，在跳舞时，脑海里想的是什么？她说她演出时往往全情投入，把自己完全融入角色中而忘记自己，成为真正的菩萨。

无我，就是菩萨的境界。

这话，值得大家反复咀嚼。

语言情意结

“只要痛下决心，没有哪种语言是学不会的！”

这句掷地有声的话，是一位以色列人对着数百名学生说的。

新加坡先驱初级学院母语部主任张婷婷近日举办了一项饶具意义的活动，邀请了一名以色列人 Gug Ofek 来向数百名学生畅谈他自己学习华语的动机与决心。

Gug Ofek 任职于一家跨国公司，不久前被派遣到新加坡，从事市场开发的工作。

众所周知，在以色列 1948 年建国后，犹太人便纷纷从世界多个国家和地区涌回以色列定居，以色列因此成了一个多语并存、百花齐放的犹太移民国家。为了培养国民的认同感，政府经过慎重的考虑后，决定以希伯来语作为官方语言。希伯来语曾是古代犹太人的语言，《圣经·旧约》就是用希伯来文写成的，它可说是一种重新复活了的古老语言。

Gug Ofek 说：

“起初，大家都觉得希伯来语非常难学，但是，当你不得不学而又下定决心去学时，自然而然也就学会了。”

Gug Ofek 透露，目前以色列大约有 85% 的居民能够掌握希伯来语。

在以色列，每个孩子入学时，除了希伯来语，还得加学一门其他的语言。大部分学生选读的是目前全球广泛应用的英语，少部分选读阿拉伯语。除此以外，许多以色列人在家里讲的，既不是希伯来语，也不是英语，而是他们原本移居国的语言，比如说，德国犹太移民便讲德语、法国犹太移民便讲法语、西班牙犹太移民便讲西班牙语等。所以，一个学童，至少会说三种语言。有时，他们还会通过同学间频密的交往而学会第四和第五种异国语言。

Gug Ofek 最新的学习目标是汉语，他一往情深地说：

“源远流长的汉语，蕴藏着深厚的文化底蕴，我很喜欢。目前，我担任软件市场开发与销售的工作，我发现汉语有很好的经济价值。由于中国经济的强势发展，许多人会到中国去寻求商机，而许多中国人也会到全球各地去工作，汉语在未来的十余年内，将会变成一种用来沟通与交流的重要语言，因此，学习汉语，已经变成了一种必要。”

认清了汉语的重要性，Gug Ofek 因此便想方设法进行学习了。他语带钦羡地指出：在新加坡，想要学汉语，是易如反掌的，无论在家里、在学校、在社区，处处都是学习的场所，处处都有学习的机会，而大环境正是学习语言的温床。然而，在以色列，要学汉语，就只能自己孤军作战了。他自嘲地表示，他是以简单得近乎“原始”的方式和工具来学习汉语的。首先，他买书来读，每天在书上汲取新的词汇，然而，对于以色列人来说，最大的困难是发音，因为希伯来语是没有四声之分的。他在黑暗中自我摸索，却又自以为“武功”修炼得不错，可是，有一天，当他向别人展示自己的学习成果时，却没有人听得懂他在讲什么。“工欲善其事，必先利其器”，他放弃了平面的书籍，改用汉英互译录音带，从中学习发音，果然事半功倍。然而，他认为最快速也是最有效的方法，还是去语文学校好好修读，由资深的老师加以指导。他幽默地说：“既然付了学费，我就绝对不会逃课的！”

最后，Gug Ofek 语重心长地说：

“你们都太幸运了，在母语的学习上，既有良好的师资，又有学习的大环境。如果你们都把汉语当作非得要学的一种工具，就一定能学好它。有志者，事竟成嘛！”

以色列叔叔的这一番话，莘莘学子听懂了吗？

锦鲤的浩劫

清清楚楚地记得，我是在写了中篇小说《跌碎的彩虹》之后，才深深地爱上锦鲤的。因为小说内容涉及锦鲤，我除了大量涉猎有关书籍外，还刻意到锦鲤专卖店去和经验老到的店长与店员攀谈，汲取饲养锦鲤的常识。此外，我也经常到松岭俱乐部去，那儿有个水池，养了好些锦鲤，以柔媚的斑斓荡出一池动人心弦的缤纷。我往往一坐便是一整个下午，观赏锦鲤婀娜的游姿，也欣赏它们那份与世无争的恬然。

小说写毕之后，一尾尾无形的锦鲤也游进了我的心湖，像是一根一根的羽毛，撩得我坐立不安。

1999 年，当我和日胜决定在住宅原址拆掉旧屋而重建新居时，我便执意在屋外挖个鱼池，好让心湖里的锦鲤真真正正地游进池塘。

鱼池建好后，我一口气买了十多尾锦鲤，各种颜色都有。有人说，锦鲤宜买单数，而且，必须买一尾全黑的，才能顺顺畅畅无灾无难地养上六七十年，如果照顾得宜，有些锦鲤甚至可以活上百年呢！嘿，百岁“鱼瑞”，对着池里条条小若巴掌的锦鲤，我心情极好地眯着眼笑。

接着下来，碰上喜事，便买对锦鲤来添添福气；遇上糗事，又去买对锦鲤来消消霉气；买呀买的，不知不觉竟买了四十多尾。每每看锦鲤荡出一池流动的绚烂，心便醺醺然地醉了。

鱼越长越大，每尾都长达尺余。朋友到访看到满池千娇百媚的锦鲤，无一例外地发出由衷的赞叹。有个饕餮甚至一脸馋相地问我："几时能钓几尾上来尝尝鲜?"我立时三刻将他列入了访客的"黑名单"里。

说实话，我一向讨厌所谓的"宠物"，只觉人生苦短，不愿也不甘沦为"猫奴"或"狗奴"，可鱼不同，我只需一早一晚喂饲两餐而已，有时就算一两回忘了喂，它们也可以吃水里的微生物活命，很容易照顾。它们安于本分而又自得其乐，十分讨喜。

我唯一担心的是家里因故停电，水池里的排气管停止操作，缺乏氧气供应的锦鲤，最多只能挨上十余个小时便魂归离恨天了，因此，一停电，我便得十万火急请人修理。有一回，碰上公共假期，我只好厚着脸皮央求平素没有什么交情的朋友为我解决燃眉之急。这位有着菩萨心肠的朋友，一听到停电危及几十尾锦鲤的性命，便火急火燎地赶来了，查来查去，查得满头大汗，才发现原来是那些该死的黑蚂蚁把电线咬坏而导致电流中断。

几次大难不死的锦鲤，居然没有后福！

3 周前的一个星期天，早上八时许喂鱼时，我发现连续多日的干旱气候导致鱼池水位过低。于是，我把水喉放进鱼池里，拧开水源，让水位回升。

千不该万不该的是，接下来，我痴痴迷迷地进入了小说的世界里，将这事忘得一干二净。猛然想起时，已是下午四时许了。冲到屋外去，超量的水已从鱼池泛滥到草地了。关了水龙头，想去逗逗那些通谙人性的锦鲤，可是，一走近池边，惊骇欲绝的我便难以遏制地放声大嚷：

“啊——啊——啊——！”

我的锦鲤，我心爱的锦鲤，我养了8年的锦鲤，一尾一尾，一动不动，死了。

全都死了。

我全身起着鸡皮疙瘩，每个疙瘩里，都藏着一把尖尖的刀，有剐心的痛。我歇斯底里地问：出了什么错？到底出了什么差错啊！

事后探悉，罪魁祸首是氯胺（chloramine）和氯气（chlorine）。

超量的自来水含有过多的氯胺和氯气，再加上水温骤变，惨惨惨惨地把全部锦鲤送上了不归路。

噙着眼泪用渔网把一尾尾沉甸甸的锦鲤捞上来丢掉时，我这个“养鱼而不知鱼”的人，着实痛恨自己的无知和愚昧！

震　惊

每一个镜头，都带给人一份震惊；每一份震惊的背后，都蕴藏着一个悲惨的事实。照片中的老人，瘦得像骷髅，薄若宣纸的身体，一根根肋骨清晰可见；叫人揪心的，是老人脸上那种没有明天的绝望。镜头里的小孩，表情全是复印式的——茫然呆滞，忧愁无助。那一间间以茅草和木板搭建的屋子，岌岌可危，仿佛用手轻轻一推，便会分崩离析、轰然倒塌。雨季来时，整个地方化成了泥泞一片的沼泽地，寸步难行。在这个蚊虫飞绕、腐臭不堪的地方，居然住着三十多户华族人家！

这个名为“日本沟”的小村落，坐落于印度尼西亚。16 世纪末，有大批客家人从中国南下，到天然资源丰富的加里曼丹岛西部（简称“西加”）去开采金矿。他们披荆斩棘，开山辟路，兴建港湾，发展渔业和畜牧业，使西加变成了经济乐园。然而，到了 1967 年，当地的高山族人受到别有用心者的挑拨唆使，掀起了排华事件，许多华人惨被杀戮，其他的狼狈出逃，有一部分逃到了荒草丛生的日本沟，以喝溪水、挖野菜为生。有不完整的资料显示：当时逃到这儿的人家多达几百户，事件平息后，有办法的人陆续搬离村子；目前剩下的33户人家，长久以来过着被世人遗忘的日子，他们没有在外面谋生的技能，老老少少窝在这个穷得令人匪夷所思的村子里过着自生自灭的生活。

2002年，日本沟这个一贫如洗宛若人间地狱的村子，突然成了全印尼瞩目的焦点。

事缘印尼著名摄影家暨文化与社会工作者陈冬龙先生，本着关怀同胞的心，单枪匹马深入日本沟村，以精准的镜头捕捉了现实生活里一个个凄惨悲酸的故事，编成了摄影集，题名为“来自乐园的泪影——西加贫苦华人生活写真”。接着，他又以“西加贫穷华人的苦难”和“贫穷不分族群”为主题，在印尼8个城市举行摄影巡回展，日本沟村那些在生活泥沼里苦苦挣扎的华人实况大大地震撼了全印尼社会各阶层的人士。印尼的《千岛日报》详细地加以报道。接着，香港的凤凰电视台、台湾的大爱电视台、印尼的美都电视台，全都拉队到日本沟村进行拍摄。触动人心的纪实影片播出后，引起了全世界华人的关注。我看了凤凰台以“唐人街”为栏目的纪实影片，着实为日本沟村那种一无所有的赤贫、那种简陋已极的落后、那种疾病与臭气齐齐氤氲的惨况而瞠目结舌、热泪盈眶。

最近，陈冬龙先生的第二部摄影集《拍出贫穷孩子的希望》又面世了。他在新加坡与我晤面时表示：贫穷和愚昧往往是如影随形的，唯有脱愚才能脱贫，因此，帮助孩子接受教育，是当前最实际的行动。他恳挚地说：“从孩子做起，让他们有书可读、有校可进，才是我们最大的心愿。”鉴于此，他于两年前成立了一个名为“希望列车”的义务组织，十余名志愿人士通过各种活动筹集善款，将孩子们一个一个地送进学堂里。他强调：“教育，是打破贫穷的恶性循环的一项最为有效的方法！”

有人指出：照相机在陈冬龙先生手中如一把利刃，切开了表层的华丽肌肤，深入别人看不到的肌体，从而揭开了许多原本密密地遮盖着的真相。

我翻阅陈冬龙先生的摄影集，觉得他在为照相机装进胶卷的同时，也慎重地装入了道德的勇气和民族的良知！